DÖRLEMANN

Iwan Bunin

LEICHTER ATEM
Erzählungen 1916-1919

Aus dem Russischen von Dorothea Trottenberg

Herausgegeben und mit einem Nachwort versehen
von Thomas Grob

DÖRLEMANN

Die Übersetzung der Erzählungen »Der Sohn«, »Leichter Atem«, »Das Lied vom Gotsen«, »Kasimir Stanislawowitsch« und »Aglaja« folgt der Ausgabe: Bunin, Iwan: *Gospodin is San-Franzisko*. Paris: Imprimerie Union 1920.
Die Übersetzung der Erzählungen »Die Alte«, »Fastenzeit«, »Der dritte Hahnenschrei«, »Schlingenohren«, »Changs Träume«, »Der Landsmann«, »Otto Stein«, »Das Hinscheiden« und »Gotami« folgt der Ausgabe: Bunin, Iwan: *Rosa Ijerichona*. Berlin: Slowo 1924.
Die Übersetzung der Erzählungen »Der letzte Frühling«, »Der letzte Herbst« und »Der Streit« folgt der Ausgabe: Bunin, I.A., *Sobranie sotschinenii I.A.Bunina*. Berlin: Petropolis 1934–1936 (Bd. X).
Die Übersetzung der Erzählung »Ein Wintertraum« folgt der Ausgabe: Bunin, I.A.: *Sobranie sotschinenii v dewjati tomach*. Moskva: Chudoschestwennaja literatura 1966 (Bd. V).

Dieses Buch ist auch als DÖRLEMANN eBook erhältlich.
ISBN 978-3-03820-973-7

Alle deutschsprachigen Rechte vorbehalten
© The Estate of Ivan Bunin
© 2020 Dörlemann Verlag AG, Zürich
Umschlaggestaltung: Mike Bierwolf unter Verwendung
des Gemäldes *Moskau, Zubovskaja-Platz, Studie (1916)*
von Wassily Kandinsky
Porträt Iwan Bunin, S. 5: The Estate of Ivan Bunin
Satz: Dörlemann Satz, Lemförde
Druck und Bindung: CPI – Clausen und Bosse, Leck
ISBN 978-3-03820-073-4
www.doerlemann.com

Iwan Bunin

Inhalt

Der Sohn (Сын) 9
Leichter Atem (Легкое дыхание) 34
Das Lied vom Gotsen (Песня о гоце) 46
Kasimir Stanislawowitsch
 (Казимир Станиславович) 57
Aglaja (Аглая) 75
Die Alte (Старуха) 93
Fastenzeit (Пост) 101
Der dritte Hahnenschrei (Третьи петухи) 106
Schlingenohren (Петлистыя уши) 110
Changs Träume (Сны Чанга) 135
Der Landsmann (Соотечественник) 168
Otto Stein (Отто Штейн) 184
Der letzte Frühling (Последняя весна) 195
Der letzte Herbst (Последняя осень) 218
Der Streit (Брань) 227
Das Hinscheiden (Исход) 236
Ein Wintertraum (Зимний Сон) 251
Gotami (Готами) 257

Nachwort von Thomas Grob 263

Anmerkungen der Übersetzerin 275

Editorische Notiz 281

Zum Buch 285

Zum Autor, zu seiner Übersetzerin
 und zum Herausgeber 286

Der Sohn

Madame Mareau war in Lausanne geboren und aufgewachsen, in einer strengen, rechtschaffenen und fleißigen Familie. Sie hatte nicht früh, aber aus Liebe geheiratet. Im März 1876 befand sich unter den Passagieren des alten französischen Dampfschiffs *Auvergne*, das von Marseille aus nach Italien fuhr, ein neuvermähltes Paar. Die Tage waren still und kühl, das Meer verlor sich silbrig spiegelnd in den dunstigen Frühlingsweiten, die Neuvermählten blieben stets an Deck. Alle erfreuten sich an ihnen, betrachteten ihr Glück mit einem freundlichen Lächeln: Bei ihm zeigte sich dieses Glück in seinem munteren, resoluten Blick, in dem Bedürfnis nach Bewegung, in der überschwenglichen Leutseligkeit gegenüber den anderen Passagieren, bei ihr in dem freudigen Interesse, mit dem sie jede Einzelheit aufnahm … Diese Neuvermählten waren die Mareaus.

Er war etwa zehn Jahre älter als sie, nicht sonderlich groß, hatte einen bräunlichen Teint und lockiges Haar; seine Hand war hager, seine Stimme klangvoll.

Sie dagegen war erkennbar anderer, nichtromanischer Abstammung; sie schien ein wenig groß – wenngleich ihre Taille ganz entzückend war – und hatte dunkles Haar und graublaue Augen. Über Neapel, Palermo und Tunis reisten sie in die algerische Stadt Constantine, wo Monsieur Mareau eine recht bedeutende Stellung bekommen hatte. Und das Leben in Constantine, die vierzehn Jahre, die seit jenem glücklichen Frühling vergangen waren, hatte ihnen all das geschenkt, was die Menschen für gewöhnlich zufriedenstellt: Wohlstand, ein harmonisches Familienleben, gesunde und schöne Kinder.

In den vierzehn Jahren hatten sich die Mareaus äußerlich sehr verändert. Sein Gesicht war dunkel geworden wie das eines Arabers, er war grauhaarig und hager von der Arbeit, vom vielen Reisen, vom Tabak und von der Sonne – viele hielten ihn für einen gebürtigen Algerier. Sie wiederum hätte niemand mehr als die junge Frau erkannt, die einst auf der *Auvergne* hergereist war: Damals strahlten selbst ihre Schuhe, die sie nachts vor die Tür stellte, den Zauber der Jugend aus; jetzt hatte auch ihr Haar einen Silberschimmer, war ihre Haut feiner und goldgetönter, waren ihre Arme magerer geworden, und in der Pflege, die sie ihnen angedeihen ließ, in der Frisur, in der Leibwäsche, in der Kleidung zeigte sich bereits eine gewisse übertriebene Sorgsamkeit. Natürlich hatte sich auch ihr Verhältnis zueinander geändert, wenngleich niemand behaupten würde, daß es eine Wende zum Schlechteren genommen hätte. Sie lebten indes jeder sein eigenes Leben: Seine Zeit war ganz von der Arbeit erfüllt – er war derselbe leidenschaftliche und zugleich nüchterne Mensch wie früher –, die ihre von der Fürsorge für ihn und die Kinder, zwei hübsche Mädchen, von denen die ältere beinahe schon ein Fräulein war; und alle waren einhellig der Meinung, daß es in Constantine keine bessere Hausherrin, keine bessere Mutter und keine liebenswürdigere Gesprächspartnerin im Salon gab als Madame Mareau.

Ihr Haus stand in einem ruhigen, ordentlichen Viertel. Vom ersten Stock, von den Gesellschaftszimmern aus, die wegen der geschlossenen Jalousien stets im Halbdunkel lagen, war das für seine malerische Kulisse in der ganzen Welt berühmte Constantine zu sehen: Auf schroffen Felsen liegt diese alte arabische Festung, die eine französische Stadt geworden ist. Die Fenster der schattigen, kühlen Privaträume blickten auf den Garten – in ewiger Glut, in ewigem Glast schlummerten dort jahrhundertealte Eukalyptusbäume, Sykomoren und Palmen, umgeben von hohen Mauern. Der Hausherr war diensthalber häufig abwesend. Die Hausherrin führte das zurückgezogene Dasein, zu dem die Ehefrauen aller Europäer in den Kolonien verurteilt sind. Sonntags war sie stets in der Kirche. Werktags fuhr sie selten aus und hielt sich an einen kleinen, auserwählten Kreis. Sie las, beschäftigte sich mit Handarbeiten, plauderte oder lernte mit den Kindern; hin und wieder nahm sie die schwarzäugige Marie, das jüngste Töchterchen, auf den Schoß, spielte mit einer Hand auf dem Fortepiano und sang alte französische Lieder, um so den langen afrikanischen Tag zu verkürzen, während der heiße Wind vom Garten her großzügig durch die geöffneten Fenster hereinblies ... Constantine, das in der erbarmungslos sengenden Sonne alle seine Fensterläden geschlossen hielt, wirkte in diesen Stunden wie eine tote Stadt: Nur die Blauracken schrien immer wieder hinter den Mauern der Gärten, und melancholisch, mit der Schwermut der Kolonialländer, schallte der Klang der Hornbläser über die Hügel außerhalb der Stadt, wo von Zeit zu Zeit Kanonen mit dumpfem Schlag die Erde erschütterten und weiße Soldatenhelme aufblitzten.

Die Tage in Constantine verliefen einförmig, aber niemand hätte bemerkt, daß Madame Mareau darunter gelitten hätte. Ihr Charakter, der feinfühlig und sittsam war, zeigte weder eine gesteigerte Empfindlichkeit noch übermäßige Nervosität. Ihre Gesundheit konnte man nicht als robust bezeichnen, aber sie bereitete Monsieur Mareau auch keine Sorge. Lediglich ein Vorfall hatte ihm zu denken gegeben: Einmal in Tunis hatte ein arabischer Gaukler sie so schnell und tief hypnotisiert, daß sie nur mit Mühe und Not wieder zu sich kam. Das war jedoch noch zur Zeit der Übersiedlung aus Frankreich gewesen; seither hatte sie einen derart heftigen Willensverlust, eine derart krankhafte Empfänglichkeit nie wieder erfahren. So war Monsieur Mareau glücklich, gelassen und überzeugt davon, ihre Seele sei ungetrübt und ihm aufrichtig zugetan. Dem war auch so, selbst im letzten, dem vierzehnten Jahr ihres Familienlebens … Da jedoch erschien in Constantine ein gewisser Emile Du Buis.

Emile Du Buis war der Sohn von Madame Bonnet, einer langjährigen guten Bekannten der Mareaus, und erst neunzehn Jahre alt. Madame Bonnet, die Witwe eines Ingenieurs, hatte außer Emile, ihrem Sohn aus erster Ehe, der in Paris aufgewachsen war und bereits Rechtswissenschaft studierte, sich allerdings mehr dem Verfassen von nur ihm allein verständlichen

Gedichten widmete und sich zur nichtexistierenden Schule der »Sucher« zählte, noch eine Tochter, Elise. Diese war im Mai 1889 kurz vor ihrer Hochzeit erkrankt und innerhalb weniger Tage verstorben. Emile, der noch nie zuvor in Constantine gewesen war, war nun zum Begräbnis angereist. Man kann gut verstehen, wie sehr dieser Tod Madame Mareau berührte, der Tod eines jungen Mädchens, das schon den Brautschleier anprobiert hatte; auch weiß man, wie leicht sich unter derartigen Umständen Menschen näherkommen, selbst wenn sie einander zuvor kaum gekannt haben. Zudem war Emile für Madame Mareau wirklich nur ein Knabe. Bald nach dem Begräbnis reiste Madame Bonnet zu Verwandten nach Frankreich. Emile blieb in Constantine, im Landhaus seines verstorbenen Stiefvaters, in der Villa Hashim, wie man sie in der Stadt nannte, und war beinahe täglich zu Gast bei den Mareaus. Wie immer er war, was immer er vorgab zu sein, er war trotz allem noch sehr jung, sehr empfindsam, und er suchte Menschen, denen er sich für eine Zeitlang anschließen konnte. »Ist es nicht eigenartig?« sagten manche. »Madame Mareau ist gar nicht wiederzuerkennen! Wie lebhaft sie geworden ist, wie hübsch!«

Diese Anspielungen waren indes unbegründet.

Zu Anfang wurde lediglich ihr Leben ein wenig heiterer, wurden ihre Mädchen ein wenig unbekümmerter und koketter, weil Emile seinen Schmerz und das Gift, das ihm – wie er meinte – das »Fin de siècle« einflößte, zwischendurch immer wieder vergaß und sich manchmal stundenlang mit Marie und Louise abgab wie mit seinesgleichen. Bei alledem war er dennoch ein Mann, kam aus Paris und war nicht gerade ein Dutzendmensch; er war Teil jenes für gewöhnliche Sterbliche unzugänglichen Lebens, das die Pariser Schriftsteller führten: Häufig rezitierte er mit fast somnambuler Ausdruckskraft seltsame, aber wohlklingende Verse, und vielleicht war es wirklich gerade ihm zu verdanken, daß Madame Mareaus Gang leichter und beschwingter geworden war, ihre häuslichen Toiletten ein wenig eleganter und ihr Tonfall zärtlicher und neckischer; vielleicht war in ihrer Seele auch ein Fünkchen rein weiblicher Freude erwacht, daß da jemand war, den man ein wenig bevormunden, mit dem man halb scherzhaft in belehrendem Ton sprechen konnte, mit einer Unbefangenheit, die der Altersunterschied zwischen ihnen so selbstverständlich gestattete, und daß dieser Mensch eine Anhänglichkeit zu ihrem ganzen Haus entwickelt hatte, in dem allerdings – das zeigte sich natürlich sehr bald – die

Hauptperson für ihn unangefochten sie war. Aber all das ist schließlich nichts Besonderes! Meistens tat er ihr vor allem nur leid.

Er hielt sich aufrichtig für einen geborenen Poeten und wollte auch äußerlich einem solchen gleichen; er trug die Haare lang und zurückgekämmt und kleidete sich mit künstlerischer Bescheidenheit; die schönen braunen Haare paßten zu seinem blassen Gesicht ebenso wie zu seiner schwarzen Kleidung, doch diese Blässe war allzu blutleer und hatte einen Anflug von Gelb. Seine Augen glänzten fortwährend, wirkten jedoch durch das ausgemergelte Gesicht fiebrig, und so eingefallen und flach war seine Brust, so dünn waren seine Beine, so hager seine Arme, daß es einem nachgerade unbehaglich war, wenn er übermäßig lebhaft die Straße entlang oder durch den Garten lief, leicht vornübergebeugt, als gleite er dahin, um sein Gebrechen zu verbergen – die Tatsache, daß ein Bein kürzer als das andere war; in Gesellschaft war er bisweilen unangenehm und arrogant, er war bemüht, geheimnisvoll und nachlässig zu erscheinen, manchmal elegant und anmaßend, manchmal herablassend und zerstreut und in jeder Hinsicht selbstbestimmt; doch allzu oft schon hatte er seine Rollen nicht durchgehalten, sich verhaspelt und begonnen, mit geradezu naiver Offenheit und Hast zu sprechen. Und natürlich konnte er seine Gefühle nicht lange verheimlichen, konnte nicht lange so tun, als glaube er nicht an Liebe und Glück auf Erden: Bald wußte das ganze Haus von seiner Verliebtheit. Dem Hausherrn fiel er bereits lästig mit seinen Besuchen; er brachte nun Tag für Tag Bouquets mit seltenen Blumen von der Villa mit, saß von morgens bis abends da und rezitierte immer unverständlichere Verse – die Kinder hörten ihn mehr als einmal jemanden beschwören, gemeinsam mit ihm zu sterben –, und nachts trieb er sich in den Vierteln der Einheimischen herum, in den Spelunken, wo die Araber, in schmutzigweiße Burnusse gehüllt, begehrlich »Bauchtänze« betrachteten und starke Liköre tranken ... Kurz, es waren keine anderthalb Monate vergangen, als sich seine Verliebtheit ins Unerträgliche gesteigert hatte.

Seine Nerven versagten ihm komplett den Dienst. Einmal saß er beinahe den ganzen Tag schweigend da, stand dann auf, verneigte sich, nahm seinen Hut und ging hinaus – und wurde nach einer halben Stunde in einem entsetzlichen Zustand von der Straße wieder hereingetragen: Er schlug hysterisch um sich und schluchzte so jämmerlich, daß er die Kinder und das Dienstmädchen erschreckte. Doch Madame Mareau maß auch diesem Ausbruch anscheinend keine besondere Bedeutung bei. Sie selbst brachte ihn wieder zu Bewußtsein, indem sie geduldig seine Krawatte lockerte und ihm zuredete, er solle ein Mann sein, und sie lächelte nur vor sich hin, als er ohne Rücksicht auf ihren Gemahl ihre Hand ergriff und mit Küssen bedeckte und ihr aufopfernde Ergebenheit schwor. Dennoch mußte man all dem ein Ende bereiten. Als Emile, den die Kinder bald vermißten, sich einige Tage nach seinem Anfall wieder einfand, ruhig zwar, aber eher wie jemand, der eine schwere Krankheit überstanden hatte, sagte Madame Mareau ihm sanft all das, was man in solchen Fällen zu sagen pflegt.

»Mein Freund, Sie sind doch wie ein Sohn für mich«, sagte sie und sprach dabei dieses Wort – *Sohn* – zum ersten Mal aus, und tatsächlich empfand sie ihm gegenüber eine beinahe mütterliche Zärtlichkeit. »Bringen Sie mich nicht in eine lächerliche und peinliche Situation.«

»Aber ich schwöre Ihnen, Sie täuschen sich!« rief er mit aufrichtiger Leidenschaft. »Ich bin Ihnen nur treu ergeben, ich will Sie nur sehen und nichts weiter!«

Unvermittelt fiel er auf die Knie – sie waren im Garten, an einem stillen, heißen dämmrigen Abend –

und umfaßte ungestüm ihre Hüften, vor Leidenschaft einer Ohnmacht nahe … Und während sie auf sein Haar, seinen weißen schmalen Nacken blickte, dachte sie mit schmerzlicher Freude:

»Ach, ja, ja, ich könnte beinahe so einen Sohn haben!«

Immerhin geriet er danach bis zu seiner Abreise nach Frankreich nie mehr so außer sich. Das war im Grunde kein gutes Zeichen, es konnte bedeuten, daß seine Leidenschaft tiefer geworden war. Äußerlich aber änderte sich alles zum Besseren – nur einmal noch konnte er sich nicht beherrschen. An einem Sonntag nach dem Mittagessen, bei dem mehrere Fremde zugegen waren, sagte er, ohne sich auch nur im geringsten Gedanken darüber zu machen, daß alle mithörten:

»Ich flehe Sie an, schenken Sie mir eine Minute …«

Sie stand auf und folgte ihm in den leeren, halbdunklen Saal.

Er trat ans Fenster, durch welches das Abendlicht in länglichen Streifen hereinfiel, blickte ihr direkt ins Gesicht und sagte:

»Heute ist der Todestag meines Vaters. Ich liebe Sie!«

Sie wandte sich zum Gehen. Erschrocken rief er ihr hinterher:

»Vergeben Sie mir, das war das erste und letzte Mal!«

Und wirklich, weitere Bekenntnisse vernahm sie von ihm nicht. »Ich war betört von ihrer Verlegenheit«, schrieb er an jenem Abend in seinem gewählten, schwülstigen Stil in sein Tagebuch. »Ich habe mir geschworen, ihren Seelenfrieden nicht mehr zu stören. Bin ich nicht ohnedies glücklich zu preisen?« Er kam weiterhin regelmäßig in die Stadt – in der Villa Hashim übernachtete er nur – und verhielt sich unterschiedlich, aber stets mehr oder weniger schicklich. Manchmal war er wie früher unangebracht ausgelassen und naiv und tobte mit den Kindern im Garten herum; meistens aber saß er neben ihr und »berauschte sich an ihrer Gegenwart«, las ihr aus Zeitungen und Romanen vor und »war glücklich, daß sie ihm lauschte«. »Die Kinder störten uns nicht«, schrieb er über diese Tage, »ihre Stimmen, ihr Lachen, ihr Tollen, ihr ganzes Wesen waren gleichsam hauchdünne Leitungsdrähte unserer Gefühle, durch sie wurden diese Gefühle noch zauberhafter; wir führten ganz alltägliche Gespräche, aber darin klang etwas anderes an – unser Glück: Ja, ja, auch sie war glücklich, das kann ich versichern. Sie liebte es, wenn ich Gedichte rezitierte; an den Abenden betrachteten wir vom Balkon aus Constantine, das im bläulichen Mondschein zu unseren Füßen lag ...« Im August schließlich bestand Madame Mareau darauf, daß er abreisen, sich wieder seinem Studium widmen solle, und unterwegs notierte er: »Ich fahre fort! Ich fahre fort, vergiftet von der bitteren Süße der Trennung! Sie schenkte mir zum Abschied ein samtenes Halsband, das sie als Mädchen trug. Im Moment des Abschieds segnete sie mich, und ich sah den feuchten Schimmer in ihren Augen, als sie sagte: Leben Sie wohl, mein teurer Sohn! ...«

Ob er recht hatte, ob Madame Mareau im August glücklich war, weiß man nicht. Aber daß sie sich mit seiner Abreise schwertat, läßt sich nicht bestreiten. Dieses Wort – *Sohn* –, das sie schon zuvor häufig in Unruhe versetzt hatte, klang für sie nun so, daß sie es nicht mehr ruhig und gelassen hören konnte. Schon früher hatte sie oftmals, wenn ihr auf dem Weg zur Kirche Bekannte begegneten und scherzten: »Worum wollen Sie denn beten, Madame Mareau, so tugendhaft und glücklich, wie Sie sind!« mit traurigem Lächeln geantwortet: »Ich will Gott klagen, daß er mir einen Sohn verwehrt ...« Jetzt ließ der Gedanke an einen Sohn, an das Glück, daß dieser ihr durch seine bloße Existenz auf dieser Welt immerfort gegeben hätte, sie nicht mehr los. Eines Tages, kurz nach Emiles Abreise, sagte sie zu ihrem Mann:

»Jetzt habe ich alles verstanden! Ich weiß jetzt ganz sicher, daß jede Mutter einen Sohn haben muß, daß jede Frau, die keinen Sohn hat, erkennen wird – wenn sie in sich hineinhört und ihr ganzes Leben überdenkt –, daß sie unglücklich ist. Du bist ein Mann, du kannst das nicht nachempfinden, doch so ist es ... Ach, wie zart und leidenschaftlich man einen Sohn lieben kann!«

Sie war sehr zärtlich zu ihrem Mann in diesem Herbst. Manchmal, wenn sie mit ihm allein war, sagte sie unvermittelt scheu zu ihm:

»Hector, hör einmal ... Ich schäme mich fast, dich zu fragen, und doch ... Denkst du manchmal an den März sechsundsiebzig zurück? Ach, wenn wir einen Sohn hätten!«

»All das hat mich sehr beunruhigt«, erzählte Monsieur Mareau später. »Um so mehr, als sie stark abzunehmen begann. Sie wurde immer schwächer, immer schweigsamer und nachgiebiger in ihrem Charakter. Zu Besuch bei Bekannten war sie immer seltener, in die Stadt zu fahren vermied sie, wenn es nicht unbedingt notwendig war ... Für mich gibt es keinen Zweifel, daß sich ein schlimmes, unerklärliches Leiden ihrer Seele und ihres Körpers bemächtigte!« Und die Bonne setzte hinzu, Madame Mareau habe in jenem Herbst, anders als früher, stets einen dichten weißen Schleier angelegt, wenn sie ausfuhr, und diesen sofort bei ihrer Rückkehr vor dem Spiegel zurückgeschlagen und aufmerksam ihr erschöpftes Gesicht gemustert. Es ist müßig zu erkunden, was damals in ihrer Seele vor sich ging. Aber wollte sie Emile sehen, hat er ihr geschrieben, hat sie ihm geantwortet? Er präsentierte dem Gericht zwei Depeschen, die angeblich auf seinen Namen und als Antwort auf seine Briefe geschickt worden waren. Die eine war vom 10. November: »Sie bringen mich um den Verstand. Fassen Sie sich. Geben Sie unverzüglich Nachricht von sich.« Die zweite Depesche war vom 23. Dezember: »Nein, nein, kommen Sie nicht, ich flehe Sie an. Denken Sie an mich, lieben Sie mich wie eine Mutter.« Doch konnte natürlich nicht zweifelsfrei bewiesen werden, daß Madame Mareau diese Depeschen geschickt hatte. Zweifelsfrei stand nur fest, daß sie von September bis Januar in dumpfer Unruhe lebte und kränkelte.

Der Spätherbst jenen Jahres war in Constantine kalt und regnerisch. Darauf folgte, wie immer in Algerien, sogleich ein herrlicher Frühling. Und Madame

Mareau fand wieder zu ihrer Lebhaftigkeit, zu jenem glückseligen, zarten Rausch, den zur Zeit der Frühlingsblüte diejenigen erleben, die ihre Jugend bereits durchkostet haben. Sie begann wieder auszugehen, fuhr mit den Kindern aus, besuchte mit ihnen den Garten der verlassenen Villa Hashim und wollte sie mitnehmen nach Algier, um ihnen Blida zu zeigen, wo es ganz in der Nähe eine waldige Schlucht gibt, die die Affen sehr lieben ... Und so ging es bis zum 17. Januar 1890.

Am 17. Januar erwachte sie von einem ungewöhnlich glücklichen, zärtlichen Gefühl, das sie, so kam es ihr vor, die ganze Nacht hindurch in Unruhe versetzt hatte. Das große Zimmer, in dem sie alleine schlief, weil ihr Mann diensthalber für längere Zeit abwesend war, lag bei geschlossenen Jalousien in fast völliger Dunkelheit. Dennoch war an dem durch die zugezogenen Gardinen sickernden fahlblauen Schimmer zu erkennen, daß es noch früh war. Und richtig, die kleine Uhr auf dem Nachttisch zeigte auf sechs. Sie genoß die morgendliche Kühle, die aus dem Garten hereindrang, hüllte sich in ihre leichte Decke und drehte sich zur Wand ... »Warum ist mir so wohl?« überlegte sie, während sie wieder einschlief. In verschwommenen, schönen Traumbildern erschienen ihr Italien und

Sizilien, Bilder jenes fernen Frühlings, von der Reise in der Schiffskajüte, deren Fenster auf das Deck und das kalte, silbrige Meer blickten, mit den Vorhängen aus roter Seide, die im Laufe der Zeit brüchig geworden und verblichen war, mit der hohen, vom jahrelangen Putzen blankgewetzten kupfernen Türschwelle … Dann sah sie endlose Meeresbuchten, Lagunen, Niederungen, eine große arabische Stadt, ganz weiß, mit flachen Dächern, und jenseits davon wellige, dunstigblaue Hügel und Vorgebirge. Das war Tunis, wo sie nur einmal gewesen war, in ebenjenem Frühling, als sie auch in Neapel und Palermo war … Dann plötzlich war es, als werde sie von einem kalten Schauer erfaßt – sie zuckte zusammen und schlug die Augen auf. Es war schon die neunte Stunde, man hörte die Stimmen der Kinder, die Stimme ihrer Bonne. Sie stand auf, warf sich den Peignoir über, trat auf den Balkon, ging hinunter in den Garten und setzte sich in den Schaukelstuhl neben dem runden Tisch auf dem Sandplatz, unter eine blühende Mimose, deren goldenes Dach darübergebreitet war und in der Hitze einen schweren Duft verströmte. Das Dienstmädchen brachte ihr Kaffee. Wieder dachte sie an Tunis – und sie erinnerte sich an das eigenartige Gefühl, das sie dort empfunden hatte, an diese süße Angst, diese glückselige Willenlosigkeit, wie ein Vorgefühl des nahen Todes, die sie in dieser blaßblauen Stadt in der warmen, zartrosa Dämmerung empfunden hatte, als sie zurückgelehnt in einem Schaukelstuhl auf dem Dach des Hotels lag, während der Araber, ein Hypnotiseur und Gaukler, dessen dunkles Gesicht sie nur verschwommen sah, vor ihr in der Hocke saß und sie mit seinen kaum hörbaren, monotonen Weisen und den langsamen Bewegungen seiner mageren Hände einlullte. Plötzlich, während sie gedankenverloren und mit weit geöffneten Augen auf den sprühenden silbrigen Funken starrte, den die Sonne an dem kleinen Löffel im Wasserglas aufblitzen ließ, verlor sie das Bewußtsein. Als sie abrupt wieder zu sich kam, stand Emile über sie geneigt.

Alles, was nach dieser unerwarteten Begegnung passierte, weiß man aus den Worten von Emile selbst, aus seinen Erzählungen, aus seinen Antworten bei den Vernehmungen. »Ja, ich bin aus heiterem Himmel in Constantine aufgetaucht«, erzählte er. »Ich kam, weil mir klar geworden war, daß mich selbst die himmlischen Heerscharen nicht würden aufhalten können. Am Morgen des 17. Januar fuhr ich vom Bahnhof aus ohne jegliche Vorankündigung geradewegs zum Haus von Monsieur Mareau und ging in den Garten. Ich war bestürzt über den Anblick, der sich mir bot, hatte aber kaum einen Schritt getan, als sie wieder zur Besinnung kam. Sie schien gleichfalls überrascht, von meinem unerwarteten Besuch ebenso wie davon, was ihr widerfahren war, tat dies aber nicht laut kund. Sie sah mich an wie jemand, der gerade aus dem Tiefschlaf erwacht ist, erhob sich und brachte ihr Haar in Ordnung.

›Ich habe es geahnt‹, sagte sie dann ausdruckslos. ›Sie haben nicht auf mich gehört!‹

Mit geübter Geste knöpfte sie ihr Peignoir über der Brust zu, nahm mit beiden Händen meinen Kopf und küßte mich zweimal auf die Stirn.

Ich war völlig durcheinander vor Begeisterung und Leidenschaft, aber sie schob mich sanft zurück und sagte:

›Gehen wir, ich bin nicht angekleidet, ich komme gleich wieder, gehen Sie unterdessen zu den Kindern …‹

›Aber um Himmels willen, was war denn mit Ihnen?‹ fragte ich, während ich hinter ihr die Treppe zum Balkon hinaufging.

›Ach, nichts weiter, eine leichte Betäubung, ich habe die ganze Zeit diesen glitzernden Löffel angestarrt‹, erwiderte sie, wobei sie sich allmählich wieder fing und lebhafter sprach. ›Aber was haben Sie getan, was haben Sie getan!‹

Die Kinder konnte ich nirgends finden, im Haus war es leer und still, ich setzte mich ins Eßzimmer und hörte, wie sie in einem der hinteren Zimmer plötzlich anfing zu singen, mit kräftiger, klangvoller Stimme – aber zu dem Zeitpunkt erkannte ich die ganze Tragik dieses Klangs noch nicht, weil ich vor Nervosität am ganzen Leibe zitterte. Ich hatte die ganze Nacht nicht geschlafen, die Minuten gezählt, bis der Zug mich endlich nach Constantine bringen würde, ich war aus dem Bahnhof gestürzt und in die erstbeste Droschke gesprungen, konnte es kaum erwarten, in die Stadt zu kommen … Ich wußte, ich hatte vorausgeahnt, daß mein Kommen verhängnisvoll für uns werden würde; aber das, was ich im Garten sah, die geheimnisvolle Begegnung und der plötzliche Umschwung in ihrem Verhalten mir gegenüber, damit hatte ich nicht rechnen können! Nach zehn Minuten erschien sie, das Haar frisiert, in einem leichten hellgrauen Kleid mit einem Anflug von Lila.

›Ach‹, sagte sie, als ich ihre Hand küßte, ›ich habe ganz vergessen, heute ist Sonntag, die Kinder sind in der Kirche, und ich habe verschlafen … Die Kinder gehen nach der Kirche zum Kiefernwäldchen – waren Sie dort schon einmal?‹

Ohne meine Antwort abzuwarten, klingelte sie

nach Kaffee für mich, setzte sich hin, sah mich eindringlich an, erkundigte sich, allerdings ohne mir zuzuhören, wie ich lebe, was ich mache, und begann dann, von sich zu sprechen, darüber, daß sie sich nach zwei oder drei für sie sehr schlimmen Monaten, in deren Verlauf sie ›furchtbar gealtert‹ sei – diese Worte waren von einem merkwürdigen Lächeln begleitet –, so gut, so jung fühle wie nie zuvor ... Ich gab ihr Antwort, hörte zu, verstand vieles nicht; wir beide sagten nicht das, was wir meinten, meine Hände wurden kalt angesichts der nahenden anderen, verhängnisvollen und unabwendbaren Stunde. Ich leugne nicht, daß ich wie vom Blitz getroffen war, als sie sagte: ›Ich bin gealtert ...‹ Plötzlich erkannte ich, daß sie recht hatte: Die mageren Arme, das verblühte, wenn auch wirklich verjüngte Gesicht, die Konturen des abgehärmten Körpers, all das erfaßte ich als die ersten Anzeichen dessen, was uns so schmerzlich, ja peinlich – aber um so heftiger! – das Herz abschnürt beim Anblick einer alternden Frau. Ach ja, wie schnell und heftig hatte sie sich verändert! dachte ich. Und dennoch war sie wunderschön, ich war berauscht von ihrem Anblick. Ich war gewohnt, unausgesetzt von ihr zu träumen, ich hatte den Moment am Abend des 11. Juli nicht vergessen, als ich zum ersten Mal ihre Knie umfaßt hielt. Auch ihr zitterten leicht die Hände, als sie sich die Frisur richtete und mich dabei lächelnd anblickte, und plötzlich – Sie verstehen die katastrophale Kraft dieses Augenblicks! –, plötzlich verzerrte sich ihr Lächeln, und sie sagte mit Mühe, aber bestimmt:

›Sie müssen jetzt trotz allem nach Hause fahren, sich von der Reise ausruhen – Sie sehen ganz erschöpft aus, Sie haben so gequälte, schaurige Augen, so brennende Lippen, daß ich es nicht länger mitansehen kann ... Soll ich mit Ihnen fahren, Sie begleiten?‹

Ohne mir Gelegenheit zur Antwort zu geben, stand sie auf und ging hinaus, um Hut und Umhang zu holen.

Nach kurzer Fahrt hatten wir die Villa Hashim erreicht. Ich blieb an der Vortreppe stehen, um ein paar Blumen zu pflücken. Sie wartete nicht auf mich und öffnete selbst die Tür. Dienstboten hatte ich nicht, nur einen Wächter, der uns nicht bemerkte. Als ich den drückend heißen, im Halbdunkel der geschlossenen Jalousien liegenden Flur betrat und ihr die Blumen überreichte, küßte sie sie, und danach umfaßte sie mich mit der freien Hand und küßte mich. Vor Aufregung waren ihre Lippen trocken, aber ihre Stimme war klar.

›Aber höre ... Wie sollen wir ... Hast du etwas da?‹, fragte sie.

Ich verstand sie zunächst nicht, so aufgewühlt war ich von diesem ersten Kuß, diesem ersten *du*, und murmelte:

›Was meinst du?‹

Sie trat einen Schritt zurück.

›Wie?‹, fragte sie verwundert, beinahe streng. ›Dachtest du wirklich, daß ich … daß wir danach weiterleben können? Hast du etwas, damit wir aus dem Leben scheiden können?‹

Ich besann mich und zeigte ihr hastig den mit fünf Kugeln geladenen Revolver, von dem ich mich niemals trennte.

Sie schritt rasch voraus, von Zimmer zu Zimmer. Überall herrschte Halbdunkel. Ich ging ihr nach, völlig betäubt wie jemand, der an einem glutheißen Tag entkleidet ins Meer steigt, und hörte nur noch das Rascheln ihrer seidenen Röcke. Endlich waren wir da; sie warf den Umhang ab und löste die Hutbänder. Ihre Hände zitterten noch immer, und im Halblicht bemerkte ich erneut etwas Klägliches, Bedauernswertes in ihrem Gesicht …

Doch sie starb standhaft. In ihren letzten Augenblicken verwandelte sie sich. Während sie mich küßte und sich dann leicht zurücklehnte, um mein Gesicht zu sehen, flüsterte sie mir derart zärtliche, berührende Worte zu, daß ich es nicht ertrage, sie zu wiederholen.

Ich wollte noch mehr Blumen pflücken, um damit unser Totenbett zu bestreuen. Sie ließ mich nicht gehen, sie hatte es eilig, sie sagte: ›Nein, nein, bitte nicht ... Wir haben Blumen ... Hier sind deine Blumen‹, und wiederholte ein ums andere Mal:

›Nun also, ich beschwöre dich bei allem, was dir heilig ist, du mußt mich töten!‹

›Ja, und danach mich selbst‹, erwiderte ich dann, ohne eine Sekunde an meiner Entschlossenheit zu zweifeln.

›Oh, ich glaube dir, ich glaube dir‹, sagte sie darauf, wie in Trance ...

Eine Minute vor ihrem Tod sagte sie ganz leise und schlicht:

›Mein Gott, dafür gibt es keinen Namen!‹

Und dann noch:

›Wo sind die Blumen, die du mir gegeben hast? Küß mich – ein letztes Mal.‹

Sie selbst richtete den Lauf an ihre Schläfe. Ich wollte abdrücken, aber sie hielt mich auf:

›Nein, nicht so, laß es mich richtig machen. So ist es gut, mein Kind ... Und *nachher* bekreuze mich und lege mir Blumen auf die Brust ...‹

Als ich schoß, bewegte sie leicht die Lippen. Ich schoß noch einmal ...

Sie lag ruhig da, und in ihrem erloschenen Blick war eine bittere Glückseligkeit. Ihre Haare waren gelöst, der Schildpattkamm lag am Boden. Schwankend stand ich auf, um meinem Leben ein Ende zu machen. Doch im Zimmer war es trotz der Jalousien hell, und in diesem Licht und in der plötzlich eingetretenen Stille sah ich deutlich ihr schon bleich gewordenes Gesicht ... Da packte mich unvermittelt der Wahnsinn, ich stürzte zum Fenster, riß es auf, schlug die Läden auf, klappte die Rahmen zurück, begann zu schreien und in die Luft zu schießen ... Den Rest kennen Sie ...«

Im Frühling vor etwa fünf Jahren, während einer Reise durch Algerien, besuchte der Verfasser dieser Zeilen Constantine. Heute denkt er oft zurück an diese regnerischen, kühlen und doch frühlingshaften Abende, die er im Leseraum eines alten, familiären französischen Hotels verbrachte. Auf schweren, verschnörkelten Etageren lagen dort zerlesene illustrierte Journale, in denen man verblichene Portraits von Madame Mareau aus verschiedenen Jahren finden konnte, darunter auch eines aus ihrer Mädchenzeit in Lausanne ... Ihre Geschichte ist hier noch einmal erzählt, weil ich sie auf meine Weise erzählen mußte.

Leichter Atem

Auf dem Friedhof, über einem frisch aufgeschütteten Lehmhügel, steht ein neues Kreuz aus Eiche, fest, schwer und glatt, eines, das schön anzusehen ist.

Es ist April, aber die Tage sind grau: Die Grabmale des Friedhofs, eines weitläufigen, richtigen Kreisstadtfriedhofs, sind zwischen den kahlen Bäumen noch weithin zu sehen, und der kalte Wind klirrt in einem fort mit dem Porzellankranz am Fuße des Kreuzes.

In das Kreuz eingelassen ist ein vergleichsweise großes, bronzenes Medaillon, und darin befindet sich das photographische Portrait einer adretten, reizenden Gymnasiastin mit freudestrahlenden, verblüffend lebendigen Augen.

Das ist Olja Meschtscherskaja.

Als kleines Mädchen hatte sie sich durch nichts hervorgetan in der lärmenden Menge brauner Kleidchen, die so dissonant und jung durch Korridore und Klassenzimmer hallte; was konnte man sagen über sie, abgesehen davon, daß sie zu den hübschen, reichen und glücklichen Mädchen zählte, daß sie begabt, aber mutwillig war und die Ermahnungen der Klassendame geflissentlich überhörte? Später erblühte sie, entwickelte sich nicht in Tagen, sondern in Stunden. Mit vierzehn Jahren zeichneten sich, bei zarter Taille und schlanken Beinen, bereits deutlich die Brüste und all jene Formen ab, deren Zauber noch kein menschliches Wort je auszudrücken vermochte; mit fünfzehn galt sie als Schönheit. Wie sorgfältig einige ihrer Freundinnen sich das Haar legten, wie reinlich sie waren, wie sehr sie darauf achteten, sich sittsam zu bewegen! Sie aber fürchtete nichts – weder Tintenflecke an den Fingern oder ein rot angelaufenes Gesicht noch zerzauste Haare oder ein entblößtes Knie, wenn sie beim Laufen stürzte. Ohne Zutun und Bemühen ihrerseits und gewissermaßen unmerklich fiel ihr all das zu, was sie in den letzten beiden Jahren unter all den Mädchen am Gymnasium so hervorhob: Eleganz, Anmut, Geschick und der heitere, aber hellwache Glanz ihrer Augen. Niemand tanzte wie Olja Meschtscherskaja, niemand lief Schlittschuh wie sie, niemand wurde auf dem Ball so eifrig umworben, und niemand war, warum auch immer, bei den unteren Klassen so beliebt wie sie. Unmerklich wuchs sie zu einer jungen Frau heran, unmerklich festigte sich ihr

Ruf am Gymnasium, und schon gingen Gerüchte, sie sei leichtfertig, sie könne ohne Verehrer nicht leben, der Gymnasiast Schtschenschin sei bis zum Wahnsinn verliebt in sie und sie liebe ihn ebenfalls, sei aber so flatterhaft im Umgang mit ihm, daß er versucht habe, sich das Leben zu nehmen …

In ihrem letzten Winter hatte Olja Meschtscherskaja vor Übermut nachgerade den Verstand verloren, wie man im Gymnasium erzählte. Der Winter war schneereich, sonnig und frostkalt, die Sonne versank früh, aber gleichbleibend schön und strahlend hinter dem hohen Fichtenhain im verschneiten Garten des Gymnasiums und versprach für den folgenden Tag erneut Frost und Sonne, Flanieren auf der Sobornaja-Straße, Schlittschuhlaufen im Stadtgarten, einen blaßroten Abend, Musik und jene in alle Richtungen gleitende Menge, in der Olja Meschtscherskaja die Anmutigste, Sorgloseste und Glücklichste schien. Eines Tages, in der großen Pause, als sie wie ein Wirbelwind durch die Aula stürmte und den Schülerinnen der ersten Klasse zu entkommen versuchte, die verzückt kreischend hinter ihr herliefen, wurde sie unverhofft zur Schulvorsteherin gerufen. Sie blieb abrupt stehen, tat einen einzigen tiefen Seufzer, ordnete mit raschem, geübtem Griff ihr Haar, zog die Zierecken ihrer Schürze zu den Schultern hin auseinander und lief mit blitzenden Augen nach oben. Die Vorsteherin, eine kleine, noch jugendliche, aber schon weißhaarige Frau, saß mit einer Strickarbeit in der Hand ruhig an ihrem Schreibtisch unter einem Portrait des Zaren.

»Guten Tag, Mademoiselle Meschtscherskaja«, sagte sie auf französisch, ohne den Blick von ihrer Strickarbeit zu heben. »Ich sehe mich leider nicht zum ersten Mal veranlaßt, Sie herzurufen, um mit Ihnen über Ihr Benehmen zu sprechen.«

»Ich höre Ihnen zu, Madame«, erwiderte die Meschtscherskaja und trat näher zum Tisch, wobei sie die Vorsteherin klar und wach, aber mit völlig ausdruckslosem Gesicht anblickte und so leicht und graziös knickste, wie nur sie es verstand.

»Zuhören werden Sie mir schlecht, davon konnte ich mich zu meinem Leidwesen bereits überzeugen«, sagte die Vorsteherin, zupfte an ihrem Wollfaden, so daß das Knäuel über den lackierten Fußboden rollte, was die Meschtscherskaja neugierig beobachtete, und hob die Augen: »Ich werde mich nicht wiederholen, mich nicht in langen Reden ergehen«, sagte sie.

Der Meschtscherskaja gefiel dieses bemerkenswert saubere, große Kabinett sehr gut, in dem der blanke Kachelofen an frostkalten Tagen wohlige

Wärme verbreitete und die Maiglöckchen auf dem Schreibtisch einen frischen Duft verströmten. Sie blickte auf den jungen Zaren, der in voller Lebensgröße mitten in einem glanzvollen Saal gemalt war, auf den geraden Scheitel in dem milchweißen, akkurat in Wellen gelegten Haar der Vorsteherin und schwieg abwartend.

»Sie sind kein kleines Mädchen mehr«, begann die Vorsteherin, die sich insgeheim schon ärgerte, vielsagend.

»Ja, Madame«, erwiderte die Meschtscherskaja schlicht, fast heiter.

»Aber auch noch keine Frau«, fuhr die Vorsteherin noch vielsagender fort, und ihr fahles Gesicht rötete sich leicht. »Zunächst einmal: Was soll diese Frisur? Das ist die Frisur einer erwachsenen Frau!«

»Ich bin nicht schuld, Madame, daß ich schöne Haare habe«, erwiderte die Meschtscherskaja und berührte mit beiden Händen flüchtig ihren apart coiffierten Kopf.

»Ach so ist das, Sie sind nicht schuld!« versetzte die Vorsteherin. »Sie sind nicht schuld an der Frisur, nicht schuld an diesen teuren Kämmen, nicht schuld, daß Sie Ihre Eltern mit Schuhen für zwanzig Rubel ruinieren! Aber ich sage Ihnen noch einmal, Sie lassen vollkommen außer Acht, daß Sie vorläufig nur eine Gymnasiastin sind ...«

Da fiel die Meschtscherskaja, ohne ihre Bescheidenheit und Gelassenheit zu verlieren, ihr unvermittelt ins Wort und sagte höflich:

»Verzeihen Sie, Madame, Sie irren sich: Ich bin eine Frau. Und wissen Sie, wer schuld daran ist? Papas Freund und Nachbar – Ihr Bruder, Alexej Michajlowitsch Maljutin. Es geschah im vergangenen Sommer auf dem Lande ...«

Einen Monat nach diesem Gespräch hatte ein Kosakenoffizier von häßlichem, plebejischem Aussehen, der rein gar nichts gemein hatte mit jenem Kreis, zu dem Olja Meschtscherskaja gehörte, sie auf dem Bahnsteig erschossen, inmitten einer großen Menge von Menschen, die soeben mit dem Zug eingetroffen waren. Und Olja Meschtscherskajas unglaubliches Bekenntnis, das die Schulvorsteherin so erschüttert hatte, erwies sich als vollkommen richtig: Der Offizier erklärte dem Untersuchungsrichter, die Meschtscherskaja habe ihn verführt, in einer intimen Beziehung mit ihm gestanden und geschworen, seine Frau zu werden, aber am Tag des Mordes, als sie ihn zum Bahnhof begleitete, wo er nach Nowotscherkassk abreisen wollte, habe sie ihm plötzlich eröffnet, daß sie niemals auch nur daran gedacht habe, ihn zu lieben, und all das Gerede von Ehe ihrerseits blanker Hohn gewesen sei, woraufhin sie ihm jene Seite ihres Tagebuchs zu lesen gegeben habe, in der von Maljutin die Rede war.

»Ich überflog diese Zeilen, trat hinaus auf den Bahnsteig, wo sie auf und ab ging und wartete, daß ich zu Ende las, und schoß auf sie«, sagte der Offizier. »Das Tagebuch ist noch in der Tasche meines Uniformmantels, schauen Sie nach, was da am zehnten Juli des vergangenen Jahres geschrieben steht.«

Der Untersuchungsrichter las etwa folgendes:

»Es ist nach ein Uhr in der Nacht. Ich war fest eingeschlafen, bin aber sofort wieder erwacht ... Heute bin ich zur Frau geworden! Papa, Mama und Tolja, sie alle waren in die Stadt gefahren, und ich blieb allein zu Hause. Ich war so glücklich, allein zu sein, daß ich es gar nicht sagen kann! Am Morgen ging ich allein spazieren, im Garten, über die Felder, im Wald, mir schien, ich sei ganz allein auf der Welt, ich war in tiefes Nachdenken versunken, wie nie zuvor in meinem Leben. Ich aß auch allein zu Mittag und spielte danach eine ganze Stunde Klavier, und ich hatte das Gefühl, daß ich ewig leben und so glücklich sein würde wie nie zuvor! Dann schlief ich ein, in Papas Kabinett, und um vier Uhr weckte mich Katja und sagte, Alexej Michajlowitsch sei gekommen. Ich freute mich sehr, es war schön, ihn zu empfangen und zu unterhalten. Er hatte zwei Wjatkapferde vorgespannt, sehr schöne Tiere, sie blieben an der Vortreppe stehen, aber er kam herein und blieb, weil es regnete und er hoffte, daß es zum Abend hin aufhören würde. Es tat ihm sehr leid, daß er Papa nicht antraf, er war sehr lebhaft, verhielt sich mir gegenüber wie ein Kavalier und scherzte, er sei seit langem verliebt in mich. Als wir vor dem Tee im Garten spazierengingen, war wieder schönstes Wetter, die Sonne glitzerte durch den nassen Garten, aber es war sehr kühl geworden, und er führte mich am Arm und sagte, wir seien Faust und Gretchen. Er ist sechsundfünfzig Jahre alt, aber noch sehr gutaussehend und stets gut angezogen – nur daß er einen Havelock trug, gefiel mir nicht –, er duftet nach englischem Eau de Cologne und hat ganz junge, schwarze Augen, und sein Bart ist elegant in zwei lange Hälften geteilt und ganz silbrig. Zum Tee saßen wir auf der verglasten Veranda, und da mir war, als wäre ich nicht ganz gesund, legte ich mich auf die Ottomane, er rauchte und setzte sich zu mir, sagte mir wieder allerlei Liebenswürdigkeiten, besah sich dann meine Hand und küßte sie. Ich bedeckte das

Gesicht mit einem seidenen Tuch, und er küßte mich mehrmals durch das Tuch hindurch auf den Mund ... Ich begreife nicht, wie das geschehen konnte, ich habe den Verstand verloren, ich hätte nie gedacht, daß ich so eine sein könnte! Jetzt bleibt mir nur ein Ausweg ... Ich empfinde eine solche Abscheu ihm gegenüber, daß ich nicht mehr leben kann! ...«

Die Stadt ist in diesen Apriltagen wieder sauber und trocken, die Steine sind wieder weiß, es ist bequem und angenehm, auf ihnen zu gehen. Jeden Sonntag nach dem Gottesdienst geht eine kleine Frau in Trauerkleidung, mit schwarzen Glacéhandschuhen und einem Schirm mit Ebenholzgriff über die Sobornaja-Straße, die zur Stadt hinausführt. Sie passiert die Feuerwache, überquert den schmutzigen Platz, an dem etliche rauchgeschwärzte Schmieden stehen und vom Feld her ein frischer Wind weht; zwischen dem Mönchskloster und dem Gefängnis schimmern weiß der bewölkte Himmelsbogen und grau das Frühlingsfeld; schlüpft man dann hindurch zwischen den Pfützen an der Klostermauer und wendet sich nach links, sieht man eine Art großen, niedrigen Garten, eingefaßt von einer weißen Mauer, über deren Tor die Entschlafung der Gottesmutter gemalt ist. Die kleine Frau bekreuzigt sich diskret und geht der Gewohnheit folgend die Hauptallee hinunter. Wenn sie die Bank gegenüber dem Eichenkreuz erreicht, setzt sie sich, Wind und Frühlingskälte trotzend, für ein, zwei Stunden hin, bis ihre Füße in den leichten Schuhen und die Hände in den schmalen Handschuhen völlig durchfroren sind. Während sie den Frühlingsvögeln lauscht, die auch in der Kälte lieblich singen, und dem Klang des Windes im Porzellankranz, denkt sie zuweilen, daß sie ihr halbes Leben geben würde, wenn sie dafür nicht diesen Totenkranz vor Augen haben müßte. Der Gedanke, daß man Olja Meschtscherskaja in diesem Lehm vergraben hat, versetzt sie in ein an Apathie grenzendes Erstaunen: Wie soll man die sechzehnjährige Gymnasiastin, die noch vor zwei, drei Monaten so voller Leben, Liebreiz und Heiterkeit war, zusammenbringen mit diesem Lehmhügel und diesem Eichenkreuz? Ist es möglich, daß darunter diejenige liegt, deren Augen aus diesem bronzenen Medaillon heraus so unsterblich strahlen, und wie läßt sich mit diesem klaren Blick jenes Entsetzliche in Einklang bringen, das nun mit dem Namen Olja Meschtscherskaja verbunden ist? In der Tiefe ihrer Seele aber ist die kleine Frau glücklich, so wie alle verliebten oder überhaupt einem leidenschaftlichen Wunschtraum ergebenen Menschen.

Diese Frau ist Olja Meschtscherskajas Klassendame, ein Fräulein jenseits der dreißig, die seit langem mit ihren Phantasien lebt, die ihr das wirkliche Leben ersetzen. Zuerst war ihr Bruder der Gegenstand ihrer Phantasie, ein armer, unscheinbarer Fähnrich – sie hatte ihre ganze Seele mit ihm verbunden, mit seiner Zukunft, die sich ihr, warum auch immer, in leuchtenden Farben darstellte, und in der seltsamen Erwartung gelebt, ihr Schicksal würde dank ihres Bruders eine märchenhafte Wendung nehmen. Nachdem er in der Schlacht bei Mukden gefallen war, hatte sie sich eingeredet, daß sie zu ihrem großen Glück anders sei als die anderen, daß Geist und höhere Interessen ihr Schönheit und Weiblichkeit ersetzten und sie eine Arbeiterin des Geistes sei.

Der Tod von Olja Meschtscherskaja hält sie mit einem neuen Traum in Bann. Nun ist Olja Meschtscherskaja der Gegenstand ihres unablässigen Sinnens und Trachtens, ihrer Begeisterung und Freude. Sie geht an jedem Sonn- und Feiertag zu Oljas Grab – die Gewohnheit, zum Friedhof zu gehen und Trauer zu tragen, hat sie nach dem Tod des Bruders angenommen –, blickt stundenlang unverwandt auf das Eichenkreuz, denkt an Olja Meschtscherskajas bleiches Gesichtchen im Sarg, inmitten von Blumen, und daran, was sie einmal zufällig mitangehört hatte: Einmal in der großen Pause, als sie im Garten des Gymnasiums spazierengingen, hatte Olja Meschtscherskaja ihrer besten Freundin, der fülligen, hochgewachsenen Subbotina, hastig zugeflüstert:

»In einem von Papas Büchern – er hat viele altertümliche, komische Bücher – habe ich gelesen, was die Schönheit einer Frau ausmacht ... Weißt du, da steht so allerlei, man kann sich gar nicht alles merken: schwarze Augen natürlich, wie siedendes Pech – wahrhaftig, so steht es da: siedendes Pech! –, nachtschwarze Wimpern und ein zart schimmerndes Wangenrot, eine schlanke Statur, außergewöhnlich lange Hände – verstehst du: außergewöhnlich lange! –, ein kleiner Fuß, eine ausreichend große Büste, eine ebenmäßig gerundete Wade, das Knie in der Farbe von Muschelschalen, abfallende, aber kräftige Schultern – vieles weiß ich fast auswendig, so sehr trifft das alles zu! – vor allem aber, weißt du was? – ein leichter Atem! Den habe ich doch – höre nur, wie ich atme – nicht wahr, den habe ich?«

Nun ist dieser leichte Atem wieder verweht in der Welt, in diesem wolkenverhangenen Himmel, in diesem kalten Frühlingswind ...

Das Lied vom Gotsen

Es fließt der Fluß zum Meer, es vergeht ein Jahr ums andere. Jedes Jahr grünt zum Frühling hin der graue Wald über den Flüssen Dnjestr und Reut.

Vor einhundert Jahren war der Frühling nicht schlechter, aber es gab weniger Gerechtigkeit auf der Welt. Damals herrschten in Moldawien die Stambuler Türken, auf den moldawischen Thron hatten sie Griechen als Gospodaren gesetzt. Der Gospodar lebte wie ein Sultan, der Bauer, der Grundbesitzer wie ein Gospodar, und der Steuerinspektor, der *Serdar*, wie Gospodar und Bauer zusammen. Für das Volk und für den Christusglauben standen allein die Gotsen.

Schau einmal, heißt es im Volk, schau in der Dunkelheit über den Fluß, wenn du nachts am Ufer entlangreitest: Dann siehst du die Felsen, die dunkle Höhle im steilen Hang, und in der Höhle einen Stoß glimmender Kohle. Aber es ist keine Kohle, es ist altes Münzgold. Der Eingang zur Höhle ist schmal, hat eine steinerne Schwelle. An der Wand zur Linken ein steinerner Rauchfang, an der Wand zur Rechten ein steinernes Lager. Oberhalb davon Nischen: Darin standen einst die heiligen Ikonen. Über jeder Nische ist eine schwarze, eiserne Halterung in den Fels geschlagen: In diesen Halterungen glommen die Öllämpchen vor den Ikonen. Das verwunschene Gold ist auf dem Boden in der Mitte gehäuft: Nicht alles konnte er mehr verteilen, der Gotse, der Recke, der in dieser uralten Zelle lebte, die vor ihm einem Eremiten Obdach gewesen war, einem Gottesmann. Das treue Roß war am Flußufer entlanggetrottet, unterhalb der Felsen. Den Gotsen selbst – möge seine sündige Seele dem Herrn gefallen! – trugen Adler auf breiten Schwingen zur Rast in die Höhle.

Dieser Gotse war kein *Talgar*, kein Räuber: Er brach den Pharaonen-Pferdedieben die Beine, beraubte allein die Reichen, behielt von der Beute nur den hundertsten Teil und verteilte das Übrige an die Besitzlosen, er tötete nur, um sich zu verteidigen, und mittwochs und freitags fastete er. Weißt du, welche Tracht er trug? Die gleiche, wie jeder Hirte sie trägt: Leder an den Füßen, Pluderhosen und ein Hemd aus Leinen, im Gürtel ein Messer, Pistolen und einen Flachmann – eine Feldflasche, vornehm ausgedrückt –, auf dem Kopf eine Schaffellmütze, um die Schultern einen weiten Umhang aus Schafwolle, auf dem Rücken einen kurzläufigen Karabiner. Er selbst war stattlich wie eine Pappel und kräftig wie eine Eiche, stark wie ein Wolf, furchtlos wie eine Kugel, listig wie eine Schlange, schnell wie die Gedanken, feurig wie die Liebe, treu wie das Schicksal, gegenüber den Armen großzügig und sanft, gegenüber den Mächtigen unerbittlich; kräftig und abfallend waren seine Schultern, breit die behaarte Brust, schmal die Taille, der Schnurrbart rotbraun und lang, das Gesicht wie Gold und Bronze, die Augen klares Feuer.

Im zehnten Jahr seiner Heldentaten ging der Gotse in der Heiligen Osternacht zum Gebet in Gottes Kirche.

Er hatte fünfzehn Griechen getötet – du kennst sie doch: Gibt man zehn Türken, zehn ungetaufte Juden und zehn räudige Hunde in die Kelterei, fließt das Blut eines Griechen; er hatte dreißig *Serdare* ausgeraubt – waren sie doch reicher als der Fürst selbst und hatten den Armen Kreuz und Hemd als Zins abgenommen; er hatte im Wald einen türkischen Polizeichef abgefangen und ihn mit einem Pferdehufeisen beschlagen; er hatte einhundertzwanzig Lieder komponiert, vierzig Faß bessarabischen Wein getrunken, in Schenken und auf Hochzeiten getanzt; er besaß ein rotbraunes Pferd, schnell wie der Wind, schlau wie ein Fuchs, das nie lahmte, nie schwitzte, obwohl es klein von Wuchs war und nervös tänzelte – wann also hätte der Gotse in die Kirche gehen sollen? Neun Jahre lang war er nicht in der Kirche gewesen, obgleich er nicht weniger an Gott gedacht hatte als du und ich; im zehnten Jahr machte er sich auf und tat den feierlichen Schwur, in dieser Nacht – was auch geschehen möge – niemandem Böses zu tun, und sei es der Teufel selbst.

Er ließ das Pferd auf dem Feld zurück, warf die Zügel über den Sattelbogen und ging durch das Dorf. Er ging und sah überall Licht in den Hütten, gedeckte Tische und geweißte Öfen. In einer Kate aber, der ältesten, ärmlichsten von allen, waren die Fenster dunkel – offenbar reichte es dort nicht einmal für ein Licht, geschweige denn für einen Osterkuchen. Dem Gotsen war traurig zumute – war er doch in genau so einer armen Kate aufgewachsen –, und mit bedrücktem Herzen betrat er die Kirche. Sein Herz spürte, daß ihm die Welt nicht einmal in der Osternacht Ruhe lassen würde – und so geschah es auch, nach Gottes Willen. In der Kirche war es voll und eng, alle hielten brennende Kerzen in der Hand, auf allen Gesichtern lag Freude. Der Gotse stand abseits im Schatten – er überragte alle anderen –, verrichtete voller Inbrunst sein Gebet und blickte um sich: Neben ihm stand ein Kind, ausgemergelt, in Lumpen gehüllt, und hielt die Hand seiner Mutter, einer blassen, ärmlich gekleideten, aber hübschen jungen Frau mit großen Augen. Der Gotse beugte sich zu ihr und fragte sie leise: »Frau, wer bist du, warum bist du so blaß und teilnahmslos?« Die Frau warf dem Gotsen einen scheuen Blick zu, schlug die Augen nieder und gab keine Antwort. Erneut sprach der Gotse sie an und fragte, dieses Mal noch leiser: »Gehört nicht dir die Kate an der Schlucht, ist es nicht deine Kate, in der das Fenster dunkel ist?« Doch wieder antwortete seine Nachbarin nicht, sie wandte sich nur ab und bekreuzigte sich vor den Ikonen. Der Gotse hörte nicht mehr, was auf dem Ambo über Christi Auferstehung gesungen und gelesen wurde. »Das Kreuz und die Gottesmutter mögen mich strafen«, dachte er wehmütig. »Ich habe mir fest gelobt, diese Nacht niemandem Böses zu tun, aber mein Menschenherz duldet es nicht!« Und ohne das Gebet zu beenden, verließ er schnellen Schrittes die Kirche. Weit hinter der Schlucht, jenseits der Teiche, stand leuchtend wie eine Laterne das prächtige Herrenhaus auf dem Gutshof. Wie der Gutsherr stieg der Gotse die Freitreppe hinauf, verscheuchte die Hunde mit der Peitsche, und wie der Gutsherr betrat er die hellen, herrschaftlichen Gemächer, und was weiter geschah, kannst du dir denken.

In jener Osternacht konnte die blasse Moldauerin, die in der Kirche kein Wort zu dem Gotsen gesagt hatte, sich lange nicht entschließen, ihre Kate zu betreten: Auf dem Heimweg ging sie mehrmals daran vorüber, da ihr schien, das sei nicht ihr Haus – so hell erleuchtet waren ihre Fenster von den herrschaftlichen Kerzen, so reich gedeckt war der Tisch mit dem herrschaftlichen Mahl. An diesem Tisch saß der hochgewachsene, mächtige Recke und hielt ihr schwaches, kleines Kind in seinen starken Armen. In dieser Osternacht wurde die moldauische Witwe die Geliebte des Gotsen, seine Liebste, seine Gefährtin. Drei Jahre lang liebte sie den Gotsen innig und treu. Im vierten Jahr aber – wenig Verstand und Ehre steckt in den Menschen! – bestach sie der *Wamisch*, der Kreispolizeichef, woraufhin sie, die Verräterin, den Gotsen preisgab. Tschauschen, Panduren und Armaschen umstellten ihr Haus, als der Gotse nach einer langen Reise ruhte, und wollten ihn lebendig ergreifen. Er erwachte, packte die Pistolen, stieß mit dem Fuß die Tür der Kate aus den Angeln, sprach sein Geheimwort, ließ Nebel auf seine Feinde herabsinken, pfiff nach seinem Pferd Rojbu – das vom Futterkasten her freudig heranpreschte –, sprang in den Sattel, schnalzte mit der Zunge und flog davon schneller als ein Gedanke, die Zügel zwischen den Zähnen haltend und mit den Pistolen nach hinten feuernd. Doch die Feinde ließen nicht von ihm ab. Schwimmend durchquerte das Pferd einen Fluß, durchquerte einen zweiten, durchquerte einen dritten Fluß, und schon waren die Wälder, waren die Kodry nah, wo der Gotse sich verbergen wollte. Ein *Arwanit*, ein Häscher – die Erde soll ihn verschlucken! –, hatte den Karabiner nicht mit Kugeln geladen (den Gotsen trifft keine Kugel), sondern mit Silbermünzen, und er durchschoß dem Gotsen den Rücken und seinem Pferd das Bein. Das Pferd strauchelte, der Gotse fiel zu Boden – und sofort fesselte man ihn, trat mit Absätzen auf seinen Scheitel, daß er barst, und brachte ihn in Ketten auf einem Fuhrwerk nach Jassy … Gute Christenmenschen, auch das geschah an einem Ostertag!

Da ziehen hellblaue Ochsen den mit Eisenblech beschlagenen Wagen einen hohen Berg hinan. Auf dem Fuhrwerk liegt der Recke mit einer blutigen Wunde, neben ihm geht die *majkuliza*, die alte Mutter des Gotsen, tupft das Blut von seiner Wunde und fleht die krummgehörnten Ochsen an: »Sachte, sachte, ich bitte euch unter Tränen, schüttelt den Wagen nicht so, darin liegt mein Sohn im Sterben!« Und wie Wasser so sanft und sachte wiegt sich der Wagen, und der Recke sagt: »Geh fort, meine Liebe, mit deinem Glück, und mich laß mit meiner Feuerwunde!« – Aber nein, so wird es im Lied gesungen. Die Mutter des Gotsen hatte damals noch nicht vernommen, daß man ihren Sohn in den Kerker von Jassy brachte. Und sie wußte lange nicht, wie er dort schmachtete, wie ihn dort die Wachen quälten. Da sagte der Gotse den Wachen: »Gute Christenmenschen, mir liegt etwas auf der Seele, ich habe einem Herrn einen großen Beutel mit Geld gestohlen und nicht gesehen, daß darin auch ein kupfernes Bildchen an einem hellblauen Band war; es ist das Bild eines Säuglings, gestattet mir, es dem Herrn zurückzugeben, für diese Gefälligkeit will ich euch eine Stelle zeigen, wo ein großer Schatz verborgen ist, und ich gelobe bei Gott, in den Kerker zurückzukehren; im Traum habe ich gesehen, daß der Bauer nach Jassy gekommen ist und auf dem Markt mit Pferden handelt, ich gebe ihm das Bild und kehre zurück in die Fesseln.«

Du glaubst, der Gotse sei nicht zurückgekehrt, er habe nach seinem Pferd Rojbu gepfiffen, das frei durch die Kodry streifte? Nein, der Gotse ist kein Räuber, sein Wort gilt. Er machte den Herrn auf dem

Markt ausfindig und gab das Bild mit dem Säugling zurück in die Hände seines Besitzers. Als er danach in den Kerker zurückkehrte, brachte man ihn vor Gericht zum Fürsten. Am Hof waren Truppen, viel Volk und allerlei Großkopferte. Der Fürst selbst, in Turban und Kaftan, saß auf seinem goldenen Thron und fragte des Gotsen: »Wo ist das Geld, das du zusammengeraubt und zusammengerafft hast?« Keine Silbe gab ihm der Gotse zur Antwort, schweigend stand er vor dem Thron, erhaben und streng. Da erkannte der Fürst, daß seine Frage vermessen gestellt war, und er stellte sie anders: »Wo ist das Geld, das du den Reichen entwendet hast?« Und der Gotse antwortete dem Fürsten: »Gospodar, Eure Hoheit, sprich immer so mit dem Volk: vernünftig und respektvoll. Wo das Geld ist, das ich den Reichen weggenommen habe, weiß nur mein Pferd Rojbu. Und weder dir noch deinen Dienern werde ich es geben: Ihr würdet es ohnehin verspielen und vertrinken!« Der Fürst versetzte dem gefesselten Gotsen einen Schlag auf die Wange, einen kräftigen Schlag. »So wurde auch Christus beim Verhör vor Pilatus geschlagen«, sagte der Gotse zu ihm, ganz leise vor Zorn. Der Fürst schrie drohend: »Schweig, *Talgar*, Räuber!« Und der Gotse sagte dem Fürsten: »Am Kreuz, Eure Hoheit, hat Gottes Sohn dem Räuber vergeben!« Der Fürst schlug den Gotsen noch schlimmer und befahl, ihn hinrichten zu lassen.

Du grünes Laub des wilden Apfelbaums, ihr Kodry im Frühling, und ihr reißenden Flüsse! Niemals mehr würdet ihr den Gotsen sehen, gäbe es nicht Gottes Schutz! Weder Kraft noch List, weder Talismane noch Zaubersprüche hätten ihn vor der Schmach bewahren können! Schon hämmerte man mit Äxten auf dem Platz in Jassy, schon schärfte der Henker seine schwere Scharfrichteraxt für den weißen Nacken des Gotsen. Aber die Kunde über die bevorstehende Hinrichtung war bis ins Elternhaus des Gotsen gedrungen. Steh auf, du Recke Gottes, und höre: Tränen vergießt deine älteste Schwester, die mit dem knielangen schwarzen Zopf, und ihre Tränen sind machtlos; Tränen vergießt deine mittlere Schwester, die mit dem hüftlangen rotblonden Zopf, und sie ist nicht imstande zu helfen; Tränen vergießt deine jüngste Schwester, ein Kind noch – und von ihren Tränen treten die Kodry auseinander, schäumen die Flüsse über die Ufer, klaffen die Schluchten auf. Nun aber, Gotse, packe die Gitter deines Kerkers – spürst du, wessen Stimme sich erhebt? Es ist die Stimme derjenigen, die dich geboren hat!

Als die Mutter des Gotsen zu weinen begann, erzitterte sein enger Kerker, erbebten dessen Mauern, zerbarst das rostige Gitter.

Als die Mutter des Gotsen zu weinen begann, zerfielen seine Ketten zu Staub, er trat hinaus auf das freie Feld und stampfte mit seinem starken Fuß auf den Boden:

»Hej, hej, gute Leute! An dieses Osterfest werdet Ihr noch lange denken!«

Kasimir Stanislawowitsch

Auf der vergilbten, mit einer Adelskrone versehenen Visitenkarte konnte der junge Portier des Hotels *Versailles* mit Mühe und Not den Vor- und Vatersnamen entziffern: Kasimir Stanislawowitsch; danach folgte etwas, das noch mehr Silben hatte und noch schwieriger auszusprechen war. Er drehte die Visitenkarte eine Zeitlang in den Händen, warf einen Blick in den Paß, den der Fremde ihm zusammen mit der Karte ausgehändigt hatte, zuckte mit den Schultern – im Hotel *Versailles* pflegten die Ankömmlinge keine Visitenkarten zu überreichen –, warf beides auf ein Tischchen und begann sich wieder eingehend in dem silbrigen, milchigen kleinen Spiegel über ebendiesem Tischchen zu betrachten und sein dichtes Haar aufzukämmen. Er trug einen leichten, seitlich geknöpften Mantel und sauber gebürstete Stiefel, die goldene Tresse an seiner Schirmmütze war speckig – das Hotel war erbärmlich.

Kasimir Stanislawowitsch war am achten April, am Karfreitag, von Kiew nach Moskau aufgebrochen, auf ein Telegramm hin, das lediglich aus zwei Wörtern bestand: »Am Zehnten.« Das Geld hatte er irgendwie aufgetrieben, und er reiste in einem Abteil zweiter Klasse, das grau und trübe war, ihm aber wohl ein Gefühl von Luxus und Komfort vermittelte. Der Waggon war geheizt, und die Wärme, der Geruch des Heizkörpers und das gelegentliche Knacken und Klopfen darin mochten Kasimir Stanislawowitsch an andere Zeiten erinnern. Bisweilen schien es, der Winter sei zurückgekehrt – weißes, sehr weißes Schneegestöber fegte über die Borsten der fuchsroten Stoppelfelder und die großen, bleigrauen Tümpel hinweg, in denen wilde Enten schwammen; doch das Schneegestöber flaute immer wieder unvermittelt ab und ließ nach, die Felder hellten sich auf, hinter den Wolken ahnte man viel Licht, an den Bahnstationen hoben sich die nassen Bahnsteige dunkel ab, und in den kahlen Pappeln schrien die Krähen. Kasimir Stanislawowitsch stieg an jedem großen Bahnhof aus, ging zum Buffet und kehrte mit Zeitungen unter dem Arm zurück, las sie indes nicht, sondern saß da, versunken im Qualm seiner dicken Papirossy, die heiß und funkensprühend abbrannten, ohne mit seinen Nachbarn, Odessiter Juden, die den ganzen Weg lang Karten spielten, auch nur ein einziges Wort zu wechseln. Er trug einen Herbstmantel mit abgescheuerten Taschen, einen uralten Zylinderhut aus Krepp und neue, aber klobige, auf dem Markt gekaufte Schuhe. Seine Hände, die typischen Hände eines Gewohnheitstrinkers und langjährigen Kellerbewohners, zitterten, wenn er ein Streichholz anriß. Von Armut und Trunksucht zeugte auch alles übrige: die fehlenden Manschetten, der abgewetzte Papierkragen, die schäbige Krawatte, das gerötete, über die Maßen zerknitterte Gesicht und die glänzendblauen, tränenden Augen. Seine Koteletten waren mit billiger brauner Farbe gefärbt und wirkten unnatürlich. Er blickte müde und abschätzig drein.

In Moskau traf der Zug am nächsten Tag ganz und gar nicht pünktlich ein, sondern um volle sieben Stunden verspätet. Das Wetter war unbeständig, aber besser und trockener als in Kiew, und es lag etwas Erregendes in der Luft. Kasimir Stanislawowitsch nahm eine Droschke, ohne zu feilschen, und ließ sich direkt ins *Versailles* fahren. »Mein Lieber«, sagte er, sein Schweigen unerwartet brechend, »ich kenne dieses Hotel noch aus meiner Studentenzeit.« Kaum hatte man ihm seinen mit einer dicken Schnur umwickelten Korb auf sein Zimmer gebracht, verließ er das *Versailles* sofort wieder.

Es wurde Abend, die Luft war warm, die schwarzen Bäume auf den Boulevards schimmerten schon grün, allerorts viel Volk, viele Kutschen und Lastfuhrwerke ... Moskau trieb Handel und machte Geschäfte, kehrte zurück zu seiner üblichen, eiligen Tätigkeit, es ging wieder an die Arbeit und freute sich unbewußt am Frühling. Einsam fühlt sich, wer sein Leben gelebt und sinnlos verausgabt hat, an einem Frühlingsabend in einer fremden, belebten Stadt! – Kasimir Stanislawowitsch ging zu Fuß den ganzen Twerskoi-Boulevard hinunter, sah in der Ferne erneut die gußeiserne Figur des gedankenverlorenen Puschkin, die goldenen und fliederfarbenen Kuppeln des Strastnoj-Klosters ... Etwa eine Stunde saß er im Kaffeehaus Filippow, trank eine Schokolade und blätterte die zerfledderten humoristischen Zeitschriften durch. Danach ging er in ein Filmtheater, dessen Leuchtreklame in der Ferne auf der Twerskaja-Straße durch die blauschimmernde Dämmerung strahlte. Vom Filmtheater aus fuhr er zu einem Restaurant auf dem Boulevard, das er ebenfalls noch aus seiner Studentenzeit kannte. Sein Kutscher war ein alter Mann – tief gebückt, traurig, finster, ganz in sich gekehrt, in sein Alter, in seine trüben Gedanken versunken –, der sich den ganzen Weg über quälte und mühte, seinem trägen Pferd zu helfen, ihm zuredete, es manchmal mit bissigen Vorwürfen traktierte und endlich zum Ziel brachte – dann schüttelte er seine Last kurz ab und seufzte tief, als er das Geld entgegennahm.

»Ich hab es zuerst nicht verstanden, ich dachte, du willst zum *Braga*«, sagte er, während er langsam sein Pferd herumdrehte, und schien irgendwie unzufrieden, obwohl das *Praga* weiter weg war.

»Auch das *Praga* kenne ich noch, Alter«, erwiderte Kasimir Stanislawowitsch. »Du bist wohl schon lange als Kutscher in Moskau unterwegs?«

»Ich?« fragte der Alte. »Das zweiundfünfzigste Jahr fahre ich ...«

»Also hast du vielleicht auch mich schon einmal gefahren«, sagte Kasimir Stanislawowitsch.

»Kann schon sein«, versetzte der Alte lapidar. »Es gibt viel Volk auf der Welt, da kann ich mich nicht an jeden von euch erinnern ...«

Von dem Restaurant, wie Kasimir Stanislawowitsch es früher gekannt hatte, war nur noch der Name geblieben. Heute war es ein großes, teures, aber auch geschmackloses Restaurant. Über dem Eingang brannte eine elektrische Kugel, die mit ihrem heliotropfarbenen, unangenehmen Licht allerlei zweitklassige Mietkutscher beleuchtete, die ihre abgehetzten, knochigen, beim Laufen heftig keuchenden Traber unverschämt und gnadenlos traktierten.

In dem feuchten Gang standen Töpfe mit Lorbeer und tropischen Pflanzen, wie man sie auf Podesten von Begräbnissen zu Hochzeiten und wieder zurück bringt. Im Lakaienzimmer stürzten sogleich mehrere Bediente auf Kasimir Stanislawowitsch zu, alle mit genauso dichtem Haar wie der Portier des *Versailles*. Der große, grünliche Saal, der im Rokoko-Stil gehalten war, mit einer Vielzahl breiter Spiegel und einem in der Ecke glimmenden himbeerroten Ikonenlämpchen, war noch leer, und nur einige wenige Gasbrenner waren angezündet. Kasimir Stanislawowitsch saß lange allein und untätig da. Man spürte, daß der lange Frühlingsabend hinter den weißen Fenstervorhängen noch nicht ganz verdämmert war, von der Straße her hörte man das Klappern der Hufe auf dem Pflaster; in der Mitte des Saales plätscherte eintönig ein kleiner Springbrunnen in einem Aquarium, in dem ein paar kahle, durch das Wasser von unten her angestrahlte Goldfischchen schwammen. Ein weißgekleideter Kellner brachte ein Gedeck, Brot und eine kleine Karaffe mit kaltem Wodka. Kasimir Stanislawowitsch trank von dem Wodka, ohne etwas dazu zu essen, behielt ihn lange im Mund, bevor er ihn hinunterschluckte, und nachdem er ihn hinuntergeschluckt hatte, preßte er die Zähne zusammen und roch scheinbar angewidert an dem dunklen Brot. Unvermittelt und so laut, daß Kasimir Stanislawowitsch regelrecht erschrak, begann ein Musikautomat durch den ganzen Saal zu dröhnen und ein Potpourri russischer Lieder zu scheppern, bald übertrieben wilde und ausgelassene, dann wieder allzu sanfte und getragene, innige und traurige ... Bei diesem süßlichen, näselnden Geseufze röteten sich Kasimir Stanislawowitschs Augen und füllten sich mit Tränen.

Dann trug ein graulockiger, schwarzäugiger Georgier einen ganzen Spieß mit halbrohem, würzigem Schaschlik auf, schnitt mit einer ausschweifend-extravaganten Geste das Fleisch auf den Teller und bestreute es der asiatischen Einfachheit halber gleich eigenhändig mit Zwiebeln, Salz und rostrotem Berberitzenpulver, während der Musikautomat einen zu Drehungen und Sprüngen animierenden Cakewalk durch den leeren Saal schepperte ...

Anschließend servierte man Kasimir Stanislawowitsch Roquefort und Früchte, Rotwein, Kaffee, Narsan und Liköre ... Der Musikautomat war längst verstummt. Stattdessen spielte auf der Estrade ein deutsches Damenorchester in weißen Kleidern, in dem hell erleuchteten, sich zusehends füllenden Saal war es warm geworden, die Luft war vom Tabakqualm verhangen und mit Speisegerüchen gesättigt; die Kellner wirbelten umher, Betrunkene verlangten nach Zigarren, von denen ihnen bald übel wurde; die *maîtres d'hôtel* legten höchste Aufmerksamkeit an den Tag, die einherging mit der angestrengten Wahrung ihrer eigenen Würde; in den Spiegeln, in ihren wäßrig-trüben Abgründen, zeigte sich immer verworrener etwas Gewaltiges, Lärmendes, Diffiziles; Kasimir Stanislawowitsch verließ mehrmals den heißen Saal und ging hinaus auf die kühlen Korridore, zu der kalten Toilette, wo es eigenartig nach Meer roch, er ging wie auf Luft, und wenn er zurückkehrte, verlangte er erneut nach Wein. Nach Mitternacht brauste er in einer Mietkutsche, einem hohen, luftbereiften Gefährt, stadtauswärts zu einem Freudenhaus, wobei er während der Fahrt hin und wieder die Augen schloß und durch die geblähten Nüstern nächtliche Kühle in seinen benebelten Kopf einsog; in der Ferne sah er die endlosen Ketten später Lichter, die hügelab und dann wieder hügelan liefen, doch er sah sie so, als sei es nicht er, sondern jemand anderes, der sie sah; in dem Freudenhaus hätte er sich beinahe mit einem korpulenten Herrn geprügelt, der ihn bedrängte und schrie, das ganze denkende Rußland kenne ihn; später lag er angekleidet auf einem breiten, mit einer Steppdecke aus Atlas bedeckten Bett, in einer Kammer, die von einer blauen Lampe an der Decke in dämmriges Licht getaucht wurde und aufdringlich nach parfümierter Seife roch und wo Kleider an einem Türhaken hingen; neben dem Bett stand eine Schale mit Früchten; das Mädchen, das die Aufgabe hatte, Kasimir Stanislawowitsch zu zerstreuen, verzehrte schweigend, gierig und mit Genuß eine Birne, von der sie mit einem Messerchen kleine Stücke abschnitt, während ihre Freundin, mit bloßen, dicken Armen und nur mit einem Hemdchen bekleidet, in dem sie aussah wie ein kleines Mädchen, am Toilettentisch saß und eilig einen Brief schrieb, ohne die beiden auch nur zu beachten; beim Schreiben weinte sie – worüber? Es gibt viel Volk auf der Welt, und alles wird man nicht erfahren ...

Am zehnten April erwachte Kasimir Stanislawowitsch spät. Danach zu urteilen, wie erschrocken er die Augen aufschlug, bestürzte ihn im ersten Moment der Gedanke daran, daß er sich in Moskau befand und was gestern vorgefallen war. Er war erst nach vier Uhr morgens zurückgekehrt. Schwankend war er die Treppe im *Versailles* emporgestiegen, hatte indes sein Zimmer in dem langen, übelriechenden Tunnel des Korridors, in dem nur ganz vorne ein Lämpchen schläfrig blakte, sofort gefunden. Vor allen Zimmern standen Stiefel und Schuhe – allesamt von fremden Menschen, die einander unbekannt, einander feind waren. Unversehens tat sich eine Tür auf, von der Kasimir Stanislawowitsch ein Schauder anzuwehen schien, ein alter Mann in einem Schlafrock, der aussah wie ein schlechter Schauspieler in den *Aufzeichnungen eines Wahnsinnigen*, trat auf die Schwelle, und Kasimir Stanislawowitsch erblickte eine grünbeschirmte Lampe und ein überstelltes Zimmer, die Höhle des einsamen alten Mieters, mit Heiligenbildern in der Ecke und unzähligen Schachteln voller Papirossahülsen, die sich, eine über der anderen, neben den Heiligenbildern beinahe bis zur Decke stapelten ... Sollte das wirklich dieser überspannte Verfasser von Heiligenviten sein, der schon vor dreiundzwanzig Jahren im *Versailles* gelebt hatte? In Kasimir Stanislawowitschs dunklem Zimmer war die Luft furchtbar stickig und von einer beißenden, stark riechenden Trockenheit. Durch ein Fenster oberhalb der Tür drang schwaches Licht in die Dunkelheit. Kasimir Stanislawowitsch trat hinter den Paravent, nahm den Zylinder von seinen schütteren, pomadisierten Haaren und warf den Mantel über das Kopfende des aufgedeckten Bettes ... Unter ihm begann sich alles zu drehen, kaum daß er sich hingelegt hatte, er stürzte in einen Abgrund und schlief augenblicklich ein. Im Schlaf empfand er die ganze Zeit den Gestank des eisernen Waschtischs, der direkt neben seinem Gesicht stand, aber er träumte von einem Frühlingstag, von blühenden Bäumen, vom Saal eines großen Herrenhauses und von vielen Menschen in ängstlicher Erwartung des Metropoliten, der jeden Moment eintreffen würde, und diese Erwartung quälte und plagte ihn die ganze Nacht über … Jetzt wurde in den Gängen des *Versailles* geläutet, gerannt und gerufen. Hinter dem Paravent leuchtete die Sonne durch die staubigen Doppelfenster, es war beinahe heiß … Kasimir Stanislawowitsch zog den Rock aus, läutete und begann sich zu waschen. Der Etagenkellner kam gelaufen, ein scharfäugiger Bursche von etwa sechzehn Jahren, mit fuchsrotem Flaum auf dem Kopf, einem Gehrock und einem rosa Hemd mit seitlich geknöpftem Stehkragen.

»Einen Kringel, den Samowar und Zitrone«, sagte Kasimir Stanislawowitsch, ohne ihn anzusehen.

»Wünschen Sie auch Tee und Zucker?« fragte der Etagenkellner mit Moskauer Gewandtheit.

Nach einer Minute kam er wieder angerannt, den brodelnden Samowar in Schulterhöhe auf der flachen Hand, und im Nu hatte er auf dem runden Tisch vor dem Diwan eine Tischdecke ausgebreitet, ein Teebrett mit einem Glas und einer verbeulten kupfernen Abtropfschale aufgestellt und klapperte mit den Füßchen des Samowars auf dem Teebrett ... Während der Tee zog, schlug Kasimir Stanislawowitsch mechanisch das *Moskowski Listok* auf, das der Kellner zusammen mit dem Samowar gebracht hatte; sein Blick fiel auf eine Notiz, nach der gestern irgendwo ein unbekannter Mann in bewußtlosem Zustand gefunden worden sei ... »Der Verunglückte wurde ins Krankenhaus eingewiesen«, las er und warf die Zeitung hin. Er fühlte sich sehr schwach und schlecht. Er stand auf, öffnete das Fenster – es ging auf den Hof –, und sofort roch es nach Frische und Stadt, und man vernahm den kunstvollen Singsang der fliegenden Händler, das Bimmeln der Pferdebahn hinter dem gegenüberliegenden Haus, das zu einem einzigen Geräusch verschmelzende Rattern der Kutschen, das melodiöse Dröhnen der Glocken ... Die Stadt lebte längst schon ihr lautes, gewaltiges Leben an diesem hellen, beinahe sommerlichen Frühlingstag. Kasimir Stanislawowitsch preßte die ganze Zitrone in sein Teeglas, trank die trübe, saure Flüssigkeit gierig aus und verschwand wieder hinter dem Paravent. Das *Versailles* war still geworden. Es war angenehm und ruhig; sein Blick glitt träge über den Hinweis der Hoteladministration an der Wand: »Ein Aufenthalt von mehr als drei Stunden wird als ganzer Tag berechnet.« Eine Maus rumorte in der Kommode und schob ein Stück Zucker herum, das ein anderer Reisender zurückgelassen hatte ... So blieb Kasimir Stanislawowitsch in einer Art Dämmerzustand hinter dem Paravent liegen, bis die Sonne aus dem Zimmer verschwunden war und eine andere, schon vorabendliche Frische zum Fenster hereinzog.

Dann kleidete er sich sorgfältig an: Er schnürte den Korb auf, wechselte die Wäsche, nahm ein billiges, aber sauberes Taschentuch heraus, wedelte mit einer Bürste über den glänzenden Gehrock, den Zylinder und den Mantel, zog aus dessen löchriger Tasche eine zerdrückte Kiewer Zeitung vom fünfzehnten Januar heraus und warf sie in die Ecke ... Als er fertig angekleidet und mit einem färbenden Kamm durch seinen Backenbart gefahren war, zählte er sein Geld – in der Börse befanden sich nur noch vier Rubel und sieben Griwna – und ging hinaus. Genau um sechs Uhr stand er vor einem niedrigen, altertümlichen Kirchlein in der Moltschanowka-Straße. Hinter der Einfriedung der Kirche hatte ein ausladender Baum gerade eben das erste Grün angesetzt, Kinder spielten – einem dünnen kleinen Mädchen rutschte beim Seilspringen immer wieder der schwarze Strumpf hinunter –, und auf den Bänken saßen Ammen in russischer Tracht vor Kinderwagen mit schlafenden Säuglingen. Der ganze Baum zwitscherte vor Spatzen, die Luft war mild – schon ganz und gar sommerlich, sie roch sogar schon nach Staub wie im Sommer –, zartgolden schimmerte in der Ferne hinter den Häusern der Himmel über dem Sonnenuntergang, und man spürte, daß es irgendwo auf der Welt von neuem Freude, Jugend, Glück gab. In der Kirche brannte schon der Leuchter, und das Lesepult stand bereit; davor lag ein kleiner Teppich. Kasimir Stanislawowitsch nahm behutsam, um die Frisur nicht zu zerstören, den Zylinder ab, trat schüchtern ein – er war schon seit etwa dreißig Jahren nicht mehr in der Kirche gewesen – und setzte sich in eine Ecke, jedoch so, daß er die Brautleute würde sehen können. Er betrachtete das bemalte Deckengewölbe, hob die Augen zur Kuppel, und jede seiner Bewegungen, jeder Seufzer hallte in der Stille klangvoll wider. Die Kirche, schimmernd in ihrem Gold, knisterte von Zeit zu Zeit erwartungsvoll mit den Kerzen. Und nun kamen, sich bekreuzigend, aber ungezwungen und der Gewohnheit folgend zuerst die Geistlichen und die Chorsänger herein, gefolgt von den alten Frauen, den Kindern, den festlich gekleideten

Hochzeitsgästen und den geschäftigen Brautführern. Als vor dem Kircheneingang Lärm zu vernehmen war, die Kutsche mit knirschenden Rädern vorfuhr und alle sich dem Eingang zuwandten – »Stehe auf, meine Freundin, meine Schöne!« da wurde Kasimir Stanislawowitsch vor Herzklopfen totenbleich und beugte sich unwillkürlich vor. Und die, die nicht einmal wußte, daß er existierte, ging dicht, ganz dicht an ihm vorüber, streifte ihn sogar mit ihrem Brautschleier und mit einem Hauch von Maiglöckchen, den entzükkenden Kopf gesenkt, ganz in Blumen und durchsichtig schimmernde Gaze gehüllt, ganz schneeweiß und keusch, glücklich und schüchtern, wie eine Prinzessin, die zum ersten Abendmahl geht … Den Bräutigam, der sie erwartete, ein untersetzter, breitschultriger Mann mit gelblichem, flachem Bürstenhaarschnitt, bemerkte Kasimir Stanislawowitsch kaum. Während der ganzen Trauzeremonie hatte er nur eines vor Augen: den gesenkten, ganz in Blumen und Schleier gehüllten Kopf und die zarte Hand, die zitternd die mit einem weißen, zur Schleife gebundenen Band umwundene brennende Kerze hielt …

Nach neun Uhr abends war er schon wieder zu Hause. Sein ganzer Mantel roch nach Frühlingsluft: Als er beim Verlassen der Kirche vor dem Eingang die gleißende, den Sonnenuntergang spiegelnde Fensterscheibe der mit weißem Satin ausgeschlagenen Kutsche gesehen hatte und hinter dieser Scheibe zum letzten Mal das Gesicht derjenigen aufblitzte, die man nun auf immer von ihm wegbrachte, war er lange durch die Gassen gelaufen und über den Nowinski-Boulevard gestreift ... Nun zog er langsam und mit zitternden Händen den Mantel aus und legte die Papiertüte mit den zwei frischen Gurken, die er, warum auch immer, vom Bauchladen eines fliegenden Händlers gekauft hatte, auf den Tisch ... Sogar durch das Papier hindurch rochen sie nach Frühling, und frühlingshaft, schmal und silbrig schimmerte in der oberen Fensterscheibe der Aprilmond, der hoch oben am noch dämmrigen Himmel stand. Kasimir Stanislawowitsch zündete eine Kerze an, die sein leeres, zufälliges Logis traurig beleuchtete, setzte sich auf den Diwan und spürte die abendliche Kühle in seinem Gesicht ... So saß er sehr lange da. Er läutete nicht, verlangte nichts, verschloß die Tür – und das alles kam dem Etagenkellner verdächtig vor, der gesehen hatte, wie er schlurfend sein Zimmer betreten und den Schlüssel aus der Tür gezogen hatte, um sie von innen zu versperren. Der Etagenkellner schlich einige Male auf Zehenspitzen zu seiner Tür und spähte durch das Schlüsselloch:

Kasimir Stanislawowitsch saß auf dem Diwan, zitterte und fuhr sich immer wieder mit einem Taschentuch durch das Gesicht, und er weinte so bitterlich, so heftig, daß die braune Farbe von seinem Backenbart sich auswusch und die Wangen verschmierte.

In der Nacht riß er die Schnur des Fenstervorhangs herunter und begann tränenblind, sie um einen Garderobenhaken zu binden. Doch die heruntergebrannte Kerze flackerte unheimlich auf dem Papier, schaurige dunkle Wellen glitten flimmernd durch das verschlossene Zimmer, er war alt und schwach – und wußte das selbst nur allzu gut … Nein, von eigener Hand zu sterben, dazu war er nicht imstande!

Am Morgen begab er sich schon etwa drei Stunden vor Abfahrt des Zuges zum Bahnhof. Am Bahnhof ging er langsam zwischen den Passagieren umher, die verweinten Augen gesenkt, blieb unverhofft bald vor dem einen, bald vor dem anderen stehen und stieß halblaut, ruhig und ausdruckslos, aber ziemlich schnell hervor:

»Bitte … Ich befinde mich in einer ausweglosen Lage … Für eine Fahrkarte nach Brjansk … Wenigstens ein paar Kopeken …«

Und manche Leute, bemüht, seinen Zylinder, den abgeschabten Samtkragen an seinem Mantel und das schauerliche Gesicht mit dem violett verfärbten Backenbart nicht anzusehen, steckten ihm hastig und peinlich berührt etwas zu.

Später dann mischte er sich unter die Menge, die in Richtung Ausgang zum Bahnsteig stürmte, und verschwand darin, während man im *Versailles*, in dem Zimmer, das für zwei Tage sozusagen ihm gehört hatte, den Eimer aus dem Waschtisch hinaustrug, die Fenster zur Aprilsonne hin öffnete, es unter rücksichtslosem Stühlerücken ausfegte, den Kehricht hinauswarf – und damit auch eine zerrissene, zusammen mit den Gurken vergessene Notiz, die unter den Tisch, unter das herabhängende Tischtuch gefallen war:

»An meinem Tod bitte ich niemandem die Schuld zuzuschreiben. Ich war auf der Hochzeit meiner einzigen Tochter, die …«

Aglaja

Im weltlichen Leben, in jenem Dorf im Wald, in dem Aglaja geboren und aufgewachsen war, hieß sie Anna.

Vater und Mutter hatte sie früh verloren. Eines Winters waren die Pocken ins Dorf gekommen, und damals brachte man viele Tote auf den Kirchhof in das Dorf jenseits des Heiligen Sees. Gleich zwei Särge standen auch in der Kate der Skuratows. Das Mädchen empfand weder Furcht noch Bedauern, es behielt nur für immer diesen mit nichts zu vergleichenden, für die Lebenden fremden und schwer lastenden Geruch im Gedächtnis, der von ihnen ausging, und die winterliche Frische, die Kälte des Tauwetters der Großen Fasten, welche die Bauern hereinließen, als sie die Särge zu den Lastschlitten unter den Fenstern trugen.

In jener Waldgegend gibt es nur wenige kleine Dörfer, ihre aus groben Holzbohlen gefügten Gehöfte stehen kreuz und quer durcheinander: wenn es die lehmigen Hügel erlauben, so nah wie möglich an kleinen Flüssen und Seen. Das Volk ist dort nicht sonderlich arm und bewahrt seinen Wohlstand, seine alte Lebensweise, auch wenn es seit Menschengedenken zum Geldverdienen fortgeht und den Frauen überläßt, den kargen Boden dort, wo er nicht bewaldet ist, zu bestellen, im Wald Gras zu schneiden und winters mit dem Webstuhl zu klappern. Auch Anna fand in der Kindheit Gefallen an dieser Lebensweise: Sie liebte die rauchfanglose Kate und den brennenden Kienspan in seinem Halter.

Katerina, ihre Schwester, war seit langem verheiratet. Sie führte auch das Regiment im Haus, zunächst gemeinsam mit ihrem Mann, den man auf den Hof geholt hatte, und später dann, als er stets das ganze Jahr über fortging, allein. Unter ihrer Obhut wuchs das Mädchen heran, ausgeglichen und anstellig, sie war nie krank und klagte nie, nur war sie stets in ihre Gedanken versunken. Wenn Katerina sie ansprach, sie fragte, was mit ihr sei, gab sie gutmütig Antwort und sagte, ihr Hals knarze und sie höre das. »Hier!« sagte sie dann und drehte den Kopf und ihr blasses Gesichtchen hin und her: »Hörst du es?« – »Und woran denkst du?« – »An nichts Besonderes. Ich weiß es nicht.« Mit Altersgenossinnen hatte sie in der Kindheit keinen Umgang, sie hatte noch nichts gesehen von der Welt – nur einmal war sie mit ihrer Schwester in das alte Dorf jenseits des Heiligen Sees gegangen, wo auf dem Kirchhof unter Kiefern Kreuze aus Kiefernholz stehen und ein mit geschwärzten Holzschindeln gedecktes Kirchlein aus hölzernen Balken. Damals hatte man sie zum ersten Mal herausgeputzt, ihr Bastschuhe und einen leinenen Sarafan angezogen und ihr eine Kette und ein gelbes Tuch gekauft.

Katerina grämte sich um ihren Mann und weinte; sie weinte auch über ihre Kinderlosigkeit. Als sie keine Tränen mehr hatte, legte sie das Gelöbnis ab, ihren Mann nicht mehr zu kennen. Wenn ihr Mann wiederkam, empfing sie ihn freudig, sprach einträchtig mit ihm, sah sorgsam seine Hemden durch, besserte aus, was nötig war, machte sich am Herd zu schaffen und war zufrieden, wenn ihm das gefiel; doch sie schliefen getrennt, wie Fremde. Aber wenn er fortging, war sie wieder niedergeschlagen und in sich gekehrt. Immer häufiger verließ sie das Haus und besuchte das nahe gelegene Frauenkloster und den Starez Rodion, der in einer Waldhütte hinter diesem Kloster Zuflucht gefunden hatte. Sie lernte mit großem Eifer lesen, brachte heilige Bücher aus dem Kloster mit und las sie laut, mit fremdartiger, klangvoll erhobener Stimme. Sie saß am Tisch, hatte den Blick gesenkt und hielt das Buch in beiden Händen. Das Mädchen stand daneben, hörte zu, kratzte am Tisch und ließ ihren Blick durch die Kate wandern, die stets aufgeräumt war. Sich am Klang ihrer eigenen Stimme berauschend, las Katerina von den Heiligen, von den Märtyrern, die unsere dunkle, irdische Existenz verachteten um der himmlischen willen, die ihr Fleisch mit seinen Leidenschaften und Ausschweifungen kreuzigen wollten. Anna lauschte der Lesung wie einem Lied in einer fremden Sprache, aber voller Aufmerksamkeit. Doch wenn Katerina das Buch zuklappte, bat Anna kein einziges Mal, sie möge noch mehr lesen: Man wurde einfach nie richtig schlau aus ihr.

In ihrer Jugend wuchs sie nicht in Tagen, sondern in Stunden. Mit etwa dreizehn Jahren war sie ausnehmend schlank, großgewachsen und stark. Sie war empfindsam und blaß, hatte dunkelblaue Augen und verrichtete gerne einfache, grobe Arbeit. Wenn der Sommer kam und Katerinas Mann zurückkehrte, wenn das ganze Dorf zur Heumahd ging, begleitete Anna ihre Leute und arbeitete wie eine Erwachsene. Aber im Sommer gibt es in jener Gegend nicht viel Arbeit. Und bald waren die Schwestern wieder allein, kehrten wieder zu ihrem gleichförmigen Leben zurück, und wieder saß Anna, wenn sie das Vieh und den Ofen versorgt hatte, bei ihrer Näharbeit oder am

Webstuhl, und Katerina las vor – von Meeren, von Wüsten, von der Stadt Rom, von Byzanz, von den Wundern und Heldentaten der Urchristen. In der rauchgeschwärzten Kate im Wald erklangen dann Worte, die das Ohr betörten: »Im Land Kappadokien, während der Herrschaft des frommen byzantinischen Kaisers Leon des Ersten ... In den Tagen des Patriarchats des hochwürdigen Joachim von Alexandrien, im fernen Äthiopien ...« So erfuhr Anna von Jungfrauen und Jünglingen, die in der Arena von wilden Tieren zerfleischt wurden; von der himmlischen Schönheit Barbara, die von ihrem grausamen Vater enthauptet wurde; von Reliquien, die auf dem Berg Sinai von Engeln bewahrt wurden; vom Krieger Eustathius, der zum wahren Gott bekehrt wurde durch den Ruf des Gekreuzigten selbst, welcher als Sonne im Geweih eines Hirschs erstrahlte, den er, Eustathius, gefangen hatte; von den Werken des heiligen Mönchs Sabas, der im Kidrontal gelebt hatte, und von den vielen, vielen, die ihre bitteren Tage und Nächte an unwirtlichen Flüssen, in Krypten und in koinobitischen Gemeinschaften in den Bergen verbracht hatten ... In ihrer Jugend sah Anna sich selbst im Traum in einem langen, leinenen Hemd und mit einer eisernen Krone auf dem Kopf. Und Katerina sagte ihr:

»Das bedeutet für dich den Tod, Schwester, ein frühes Ende.«

Im fünfzehnten Jahr war sie endgültig zu einem jungen Mädchen herangewachsen, und die Leute bewunderten ihren Liebreiz: Auf dem goldblassen Teint ihres schmalen Gesichts schimmerte eine zarte Röte; sie hatte dichte, hellblonde Brauen und dunkelblaue Augen; sie war graziös und wohlgebaut – vielleicht ein wenig zu hochgewachsen und schmal, mit etwas zu langen Armen – und schlug sanft und anmutig ihre langen Wimpern auf. Der Winter war in jenem Jahr sehr streng. Dicht verschneit lagen Wälder und Seen, dickes Eis hielt die Wuhnen umklammert, beißend blies ein frostiger Wind, und in der Morgenröte erglänzten zwei einander spiegelnde, von regenbogenfarbigen Ringen umgebene Sonnen. Vor der Weihnachtszeit aß Katerina Brotsuppe und geschrotetes Hafermehl, Anna hingegen ernährte sich nur von Brot: »Ich will fasten, damit ich einen weiteren Wahrtraum habe«, erklärte sie ihrer Schwester. Vor Neujahr hatte sie erneut einen Traum: Sie sah einen frühen, frostklirrenden Morgen, eine blendende, eisige Sonne schien sich gerade eben aus dem Schnee zu erheben, ein schneidender Wind benahm ihr den Atem; sie glitt auf Skiern dem Wind und der Sonne entgegen, über ein weißes Feld, jagte einem wunderschönen Hermelin hinterher, stürzte unversehens in einen Abgrund – und erblindete, erstickte beinahe in der Wolke von Schneestaub, die unter den Skiern aufwirbelte, als sie strauchelte. Anna konnte sich auf diesen Traum keinen Reim machen, aber sie blickte ihrer Schwester den ganzen Neujahrstag über kein einziges Mal in die Augen; die Popen fuhren durchs Dorf, schauten auch bei den Skuratows herein – sie aber versteckte sich hinter dem Vorhang unter dem Hängeboden. In jenem Winter war sie häufig niedergeschlagen, und Katerina bemerkte: »Ich sage schon längst, du solltest zu Batjuschka Rodion gehen, er würde das alles von dir nehmen!«

Katerina las ihr in jenem Winter von Alexius von Edessa vor und von Ioann Kuschtschnik, der vor dem Haus seiner angesehenen Eltern in Armut verstarb, und sie las von Symeon Stylites, der bei lebendigem Leibe im Stehen auf einer steinernen Säule verfaulte. Anna fragte sie: »Und warum steht Batjuschka Rodion nicht auf einer Säule?« Katerina antwortete, die Großtaten heiliger Menschen seien unterschiedlich, unsere Märtyrer hätten sich eher in die Kiewer Höhlen zurückgezogen oder tief in die Wälder geflüchtet, oder aber sie würden als nackte, unzüchtige Gottesnarren

nach dem Himmelreich streben. In jenem Winter erfuhr Anna auch von den russischen Heiligen – von ihren geistigen Vorvätern: von Matwej dem Scharfsichtigen, dem gegeben war, in der Welt nur das Dunkle, Niedrige zu sehen, die allerverborgensten Laster der menschlichen Herzen zu durchschauen, das Antlitz der unterirdischen Teufel zu erkennen und ihre ketzerischen Ratschläge zu hören; von Mark dem Totengräber, der sich der Bestattung der Toten verschrieben hatte und in der beständigen Nähe zum Tod eine solche Macht über ihn gewonnen hatte, daß dieser bei seiner Stimme erbebte; von Isaak dem Eremiten, der seinen Körper in rohes Ziegenfell kleidete, das auf immer an ihm festwuchs, und sich aberwitzigen Tänzen mit den Teufeln hingab, welche ihn des Nachts zum Klang ihrer lauten Rufe, ihrer Pfeifen, Trommeln und Guslis zu allerlei Gehüpfe und Gehopse verführten …
»Von ihm, von Isaak, kamen die Gottesnarren«, sagte Katerina. »Und wie viele davon es später gab, ist gar nicht zu zählen! Batjuschka Rodion hat es so gesagt: In keinem anderen Land gab es sie, nur uns hat der Herr sie gesandt, für unsere große Schuld und in seiner großen Gnade.« Und sie fügte hinzu, was sie im Kloster gehört hatte – die leidvolle Erzählung darüber, wie die Rus fortgingen von Kiew in die undurchdring-

lichen Wälder und Sümpfe, in ihre Holzhütten, unter die grausame Macht der Moskauer Fürsten, wie sie litten unter der Smuta, unter Zwist und inneren Unruhen, unter den wilden tatarischen Horden und weiteren Gottesstrafen – Seuchen und Hungersnöten, Feuersbrünsten und himmlischen Vorzeichen. Damals gab es, sagte sie, eine derart große Vielzahl gottesfürchtiger Menschen, die um Christi willen litten und das Leben eines Gottesnarren führten, daß in den Kirchen bei ihrem Gewinsel und Geschrei die liturgischen Gesänge nicht mehr zu vernehmen waren. Keine geringe Zahl von ihnen, sagte sie, gehörte unterdessen zur himmlischen Schar: Simon aus den Wäldern des Wolgagebiets, der, nur mit einem zerfetzten Hemd angetan, in unzugänglichen Wäldern umherzog und sich vor dem menschlichen Blick versteckte, der aber später dann, als er in der Stadt lebte, von den Bürgern tagtäglich für seine Verwerflichkeit geschlagen wurde und an den Wunden, die er durch die Schläge erlitt, verstarb; Prokop, der in der Stadt Wjatka fortgesetzte Martern erduldete, dieweil er nachts immer wieder auf die Glockentürme lief und Alarm schlug wie bei einem Brand; Prokop, der in der Gegend von Syrjansk geboren wurde, unter wilden Tierfängern, der sein Leben lang drei Feuerhaken in der Hand trug und menschenleere Orte liebte, die tristen, waldigen Ufer der Suchona, wo er auf einem Stein saß und unter Tränen für die Flußfahrer betete; Jakow der Selige, der in einem aus einem Eichenstamm gezimmerten Sarg auf einer Eisscholle das Flüßchen Msta hinunterfuhr zu dem rückständigen Volk jenes ärmlichen Landstrichs; Ioann der Zottige aus der Gegend von Rostow-Weliki, der so wild wuchernde Haare hatte, daß alle, die ihn erblickten, in Angst und Schrecken gerieten; da ist Ioann aus Wologda, genannt Große Kappe, der klein von Wuchs war und Runzeln im Gesicht hatte, der ganz mit Kreuzen behängt war und bis zu seinem Ableben nie seine Kappe abnahm, die aussah wie ein gußeiserner Topf; Wassili der Nackte, der anstelle von Kleidern in der Winterkälte wie in der Sommerhitze nur eiserne Ketten und ein Tuch in der Hand trug. »Heute, Schwester«, sagte Katerina, »stehen sie alle vor dem Herrn und freuen sich in der Schar Seiner Heiligen, ihre unvergänglichen Reliquien aber ruhen in Schreinen aus Zypressenholz und Silber, in heiligen Kathedralen, neben Zaren und der höchsten Geistlichkeit!«

»Und warum ist Batjuschka Rodion kein Gottesnarr?« fragte Anna wieder. Katerina erwiderte, er habe nicht Isaak, sondern Sergius von Radonesch nachgeeifert und sei auf den Spuren der Gründer von Waldklöstern gewandelt. Batjuschka Rodion, sagte sie, habe zunächst in einer alten, berühmten Einsiedelei Zuflucht gesucht, tief im Wald an eben der Stelle gelegen, wo einst ein großer Heiliger in der Baumhöhlung einer dreihundertjährigen Eiche gelebt hatte; er habe dort ein strenges Noviziat absolviert und die Mönchsweihe empfangen, sei daraufhin für seine Tränen der Reue und seine Schonungslosigkeit gegenüber seinem Leib durch die Anschauung der Himmelskönigin selbst belohnt worden und habe das Gelübde des siebenjährigen Einsiedlerlebens und des siebenjährigen Schweigens erfüllt, er habe sich damit aber nicht begnügt, sondern das Kloster verlassen und sei – bereits vor vielen, vielen Jahren – in unsere Wälder gekommen, trage Bastschuhe, eine weißen Kutte aus grobem Stoff und ein schwarzes Epitrachelion mit achteckigem Kreuz und einer Darstellung von Adams Schädel und Gebeinen, nehme nichts als Wasser und rohen Geißfuß zu sich, habe das Fensterchen seiner Hütte mit einer Ikone verstellt, schlafe in einem Sarg unter dem Ewigen Licht und werde um die Mitternachtsstunde unablässig von heulenden Bestien, Scharen wütender Leichname und Teufeln bedrängt …

Als sie fünfzehn Jahre alt war, genau zu der Zeit,

wenn es sich schickt, daß ein Mädchen zur Braut wird, verließ Anna das weltliche Leben für immer.

Der Frühling war in jenem Jahr zeitig und heiß. In den Wäldern reiften die Beeren in Hülle und Fülle, das Gras stand hüfthoch, und zu Beginn der Petrifasten ging man schon zur Mahd. Anna war mit Freude bei der Arbeit und wurde braun in der Sonne, inmitten von Gräsern und Blumen; die Röte loderte kräftiger auf ihrem Gesicht, das in die Stirn gezogene Tuch verbarg die Wärme ihres Blicks. Eines Tages beim Mähen wand sich eine große, glänzende Schlange mit smaragdgrünem Kopf um ihr bloßes Bein. Anna packte die Schlange mit ihrer langen, schmalen Hand, riß den eiskalten, glatten Strang von sich, schleuderte ihn weit weg und hob nicht einmal das Gesicht, doch erschrak sie zutiefst und wurde weißer als ein Leintuch. Katerina sagte ihr: »Das ist der dritte Hinweis, Schwester: Fürchte die Schlange, den Versucher, auf dich kommt eine gefährliche Zeit zu!« Ob vor Schreck oder von diesen Worten, jedenfalls war die Leichenblässe auf Annas Gesicht auch eine Woche danach noch nicht geschwunden. Vor Peter und Paul bat sie ganz unverhofft, ins Kloster zum Abendgottesdienst gehen zu dürfen – sie ging und blieb über Nacht dort, und am Morgen war es ihr vergönnt, in der Menge vor der

Tür des Einsiedlers zu stehen. Er erwies ihr eine große Gnade: Aus der ganzen Menge erwählte er sie und winkte sie zu sich. Als sie fortging von ihm, hielt sie den Kopf tief geneigt, das Gesicht halb verdeckt von ihrem Tuch, das sie über das Feuer ihrer heißen Wangen gezogen hatte, und sah in der Verwirrung ihrer Gefühle den Boden unter sich nicht mehr: Als auserwähltes Gefäß, als Gottesopfer hatte er sie bezeichnet, er hatte zwei Wachskerzen angezündet, eine für sich selbst genommen, die andere ihr gegeben und lange im Gebet vor der Ikone gestanden, bevor er sie hieß, ebendiese Ikone zu küssen, und seinen Segen dazu gab, daß sie binnen kurzem Novizin im Kloster sein dürfe: »Mein Glück, mein argloses Opfer!« sagte er zu ihr. »Sei keine irdische, sei eine himmlische Braut! Ich weiß, ich weiß, deine Schwester hat dich vorbereitet. Auch ich Sünder will mich darum bemühen.«

Im Kloster, im Nonnenstand, der Welt und ihrer eigenen Freiheit entsagend um ihres geistigen Taufpaten willen, verbrachte Anna, die bei ihrer Weihe zur Nonne den Namen Aglaja erhalten hatte, dreiunddreißig Monate. Am Ende des dreiunddreißigsten Monats entschlief sie.

Wie sie dort lebte, wie sie Erlösung fand, das kann nach dieser langen Zeit insgemein niemand mehr sagen. Dennoch blieb einiges im Gedächtnis des Volkes lebendig. Einmal kamen Pilgerinnen aus verschiedenerlei entlegenen Gegenden in die Waldgegend, aus der Anna stammte. Da begegnete ihnen an einem kleinen Fluß, den sie überqueren mußten, ein gewöhnlicher Wanderer von der Art, wie sie die heiligen Orte besuchen, unansehnlich, zerlumpt und fürwahr wunderlich deshalb, weil seine Augen unter einem alten, herrschaftlichen Bowlerhut mit einem Tuch verbunden waren. Sie fragten ihn nach dem Weg, nach der Richtung zum Kloster, und begannen ihn auch nach Rodion und nach Anna auszufragen. Zur Antwort sprach er zunächst über sich selbst: Ich, ihr Schwestern, sagte er, bin selbst weiß Gott nicht allzu beschlagen, aber etwas kann ich euch doch sagen, weil ich gerade aus eben der Gegend komme; euch ist bestimmt bang vor mir – das wundert mich nicht, viele fürchten sich vor mir: Wer mir begegnet, zu Fuß oder zu Pferd, und einen Pilger durch den Wald hinken sieht, mutterseelenallein, ein weißes Tuch vor den Augen, der noch dazu Psalmen singt – begreiflich, daß dem der Schreck in die Glieder fährt; zur Strafe für meine Sünden sind meine Augen allzu gierig und flink, mein Sehvermögen ist so gestochen scharf, daß ich selbst nachts wie eine Katze sehe, und überhaupt sehe ich so dermaßen scharf, gerade weil ich mich fernhalte von den Menschen und für mich bleibe; und so habe ich mich entschieden, mein leibliches Sehen ein wenig zu beschränken ... Dann begann er zu erklären, wie weit die Pilgerinnen seiner Berechnung nach noch zu gehen hätten, auf welche Ortschaften sie zuhalten müßten, wo sie übernachten und sich ausruhen könnten und welcher Art das Kloster sei:

»Zuerst«, sagte er, »kommt die Siedlung am Heiligen See, danach eben das Dorf, in dem Anna geboren wurde, und dort seht ihr einen anderen See, den Klostersee, der zwar nicht tief, aber doch ordentlich groß ist, den müßt ihr mit dem Boot überqueren. Und wenn ihr aussteigt, ist das Kloster schon zum Greifen nah. Natürlich sind auch am anderen Ufer endlose Wälder, aber die Klostermauern, die Kirchenkuppeln, die Mönchsklausen und die Fremdenherbergen blikken wie gewohnt durch die Bäume ...«

Darauf erzählte er weitschweifig von der Vita Rodions, von Annas Mädchenjahren und schließlich von ihrem Aufenthalt im Kloster:

»Ihr Aufenthalt war leider nicht von langer Dauer!« sagte er. »Ein Jammer um so viel Schönheit und Jugend, meint ihr? Beschränkt wie wir sind, kommt es uns natürlich so vor. Aber Vater Rodion wußte offenbar sehr wohl, was er tat. Verhielt er sich doch stets allen gegenüber so – freundlich, sanftmütig und heiter, aber unnachgiebig bis zur Erbarmungslosigkeit, und gegenüber Aglaja besonders. Ich war dort, wo sie ruht, gute Frauen ... Ein langes, wunderschönes Grab, ganz mit Gras überwachsen und grün ... Und ich verhehle nicht: Es war dort, auf dem Grab, daß ich mir vornahm, die Augen zu verbinden, Aglajas Beispiel brachte mich auf den Gedanken: Hat sie doch, das müßt ihr wissen, während ihres gesamten Aufenthalts im Kloster nie auch nur für eine einzige Stunde die Augen gehoben – nachdem sie sie einmal verhüllt hatte, ließ sie nicht mehr davon ab, und mit Worten war sie so zurückhaltend, so zögerlich, daß selbst Vater Rodion sich über sie wunderte. Dabei war es sicher nicht leicht für sie, diese heilige Tat zu tun – sich ein für allemal von der Welt, vom menschlichen Antlitz zu trennen! Im Kloster verrichtete sie die schwerste Arbeit, die es gab, und die Nächte verbrachte sie stehend im Gebet. Und eben dafür, so heißt es, liebe Vater Rodion sie! Er zeichnete sie unter allen anderen aus, gewährte ihr täglich Zutritt zu seiner Hütte, führte mit ihr lange Gespräche über den künftigen Ruhm des Klosters, offenbarte ihr sogar seine Visionen – natürlich unter der strengen Verpflichtung zu schweigen. So ist sie heruntergebrannt wie eine Kerze, in allerkürzester Zeit ... Seufzt ihr wieder, grämt ihr euch um sie? Ich bin ganz eurer Meinung, es ist bitter! Aber ich sage euch noch mehr: Für ihre große Demut, für ihren Verzicht, die irdische Welt zu schauen, für ihr Schweigen und die ihre Kräfte übersteigende schwere Arbeit vollbrachte er etwas Unerhörtes: Gegen Ende des dritten Jahres ihrer heiligen Tat legte er ihr das Schima an, rief sie nach Gebeten und heiliger Einkehr in einer furchtbaren Stunde zu sich – und hieß sie ihren Heimgang anzunehmen. Ja, er sagte ihr freimütig: ›Mein Glück, deine Zeit ist gekommen! Bleib in meinem Gedächtnis so wunderschön, wie du jetzt vor mir stehst: Tritt hin vor Gott!‹ Und was glaubt ihr wohl? Einen Tag später verschied sie. Sie legte sich nieder, wurde vom Fieber erfaßt – und verschied. Freilich hat er ihr Trost zugesprochen – vor ihrem Tod verkündete er ihr, da sie in den ersten Tagen ihres Noviziats nur wenige seiner geheimen Worte nicht habe verschweigen können, würden nur ihre Lippen verwesen. Er spendete Silber für ihre Begräbnisfeier und Münzen zum Verteilen bei der Grablegung, einen Stapel Kerzen für das vierzigtägige Gebet in der Kirche, eine gelbe Kerze zu einem Rubel für ihren Sarg und den Sarg selbst – einen runden, ausgehöhlten Eichenstamm. Und mit seinem Segen legte man sie, zart und ausnehmend hochgewachsen, wie sie war, in diesen Sarg, mit offenem Haar, eingehüllt in zwei Leichenhemden und ein weißes, schwarz eingefaßtes Unterkleid, darüber ein schwarzer Umhang mit weißen Kreuzen; über den schmalen Kopf stülpte man ihr eine grüne, goldbestickte Samtkappe und darüber ein kleines Kamilavkion, schlang dann ein dunkelblaues, mit Quasten verziertes Umschlagtuch um sie und legte ihr einen ledernen Rosenkranz in die Hände ... Kurzum, sie wurde so richtig feingemacht. Und trotzdem, gute Frauen, gibt es das teuflische Gerücht, daß sie nicht hat sterben wollen, oh nein, auf gar keinen Fall! Als sie ging, so jung und schön, nahm sie, so sagt man, unter Tränen Abschied von allen und sagte jedes Mal laut zu allen: ›Verzeiht mir!‹ Zu guter Letzt schloß sie die Augen und sprach klar und deutlich: ›Auch Dir gegenüber, Mutter Erde, habe ich gesündigt mit Seele und Leib – verzeihst du mir?‹ Diese Worte sind furchtbar: In der alten Rus sprach man sie, mit der Stirn den Boden berührend, beim Bußgebet nach der Abendmesse von Pfingsten, vor dem heidnischen Tag der Russalka.«

Die Alte

Die dumme Alte aus der Kreisstadt saß auf der Küchenbank und weinte sich die Augen aus dem Kopf.

Das weihnachtliche Schneegestöber, das über die verschneiten Dächer und die verschneiten, verlassenen Straßen wirbelte, verschwamm in der beginnenden Abenddämmerung zu einem trüben Blau, und im Haus wurde es langsam finster.

Drüben, im Wohnzimmer, standen die Stühle akkurat um einen mit einer Samtdecke belegten Tisch; über dem Sofa leuchtete matt ein Bild, das einen wolkenverhangenen, grünlichen Vollmond zeigte, einen dichten litauischen Wald, ein Dreigespann, einen Schlitten, aus dem Jäger rosarote Lichtbündel abfeuerten, und hinter dem Schlitten sich überschlagende Wölfe; in der einen Zimmerecke reckte eine vertrocknete tropische Pflanze aus einem Kübel ihre toten Blätter bis zur Decke, und in der anderen Ecke klaffte der Trichter des Grammophonarms, der nur abends zum Leben erwachte, wenn Gäste zu Besuch waren und aus dem Trichter in gespielter Verzweiflung eine heisere Stimme plärrte: »Ach meine Herr'n, ich müßte lügen, wollt' ich mich mit einer Frau begnügen!« Im Speisezimmer tropfte es von den nassen Lappen, die auf den Fensterbänken lagen, in einem mit Wachstuch abgedeckten Käfig, der über dem Tisch hing, schlief ein kranker kleiner Tropenvogel, den Kopf unter einen Flügel geschoben, seinen leisen und – weil ihm unsere Weihnachtszeit ungewohnt war – tieftraurigen Schlaf. In der schmalen Kammer neben dem Speisezimmer schlief fest und mit Geschnarche der Untermieter, ein Junggeselle in fortgeschrittenem Alter, Lehrer am Progymnasium, der im Klassenzimmer die Kinder an den Haaren zog und zu Hause eifrig an seinem großen, sich nun schon über Jahre hinziehenden Werk *Der Typus des gefesselten Prometheus in der Weltliteratur* arbeitete. Im Schlafzimmer lagen die Herrschaften nach dem furchtbaren Streit beim Essen in einem schweren, wütenden Schlaf. Die Alte aber nutzte die freie Zeit, um auf der Bank in der allmählich dunkler werdenden Küche zu sitzen und in bittern Tränen zu zerfließen.

Der Streit beim Essen war wieder einmal ihretwegen ausgebrochen! Die Herrin, die sich in ihrem Alter schämen sollte, eifersüchtig zu sein, und doch vor Eifersucht regelmäßig die Nerven verlor, hatte ihren Willen durchgesetzt und als Köchin schließlich die Alte eingestellt. Der Herr wiederum, der sich seit langem die Haare färben ließ, aber all sein Sinnen und Trachten auf die Liebe richtete, hatte beschlossen, dieser Alten das Leben zur Hölle zu machen. Freilich war die Alte tatsächlich ausnehmend häßlich – groß, krumm, schmalschultrig, taub und schwachsichtig, vor lauter Schüchternheit unbeholfen –, und sie kochte trotz aller Anstrengungen zum Gotterbarmen schlecht. Sie zitterte bei jedem Schritt und plagte sich ab, um alle zufriedenzustellen ...

Ihr Leben war nicht rosig verlaufen: der Mann natürlich ein Dieb und Säufer, nach seinem Tod Unterschlupf suchen und um Almosen betteln bei fremden Leuten, lange Jahre Hunger, Kälte, Obdachlosigkeit ... Wie glücklich war sie gewesen, wieder wie ein anständiger Mensch zu leben – satt und warm zu sein, Schuhe und Kleider zu haben und bei einem Beamten im Dienst zu stehen! Wie sie vor dem Schlafen betete, auf dem eiskalten Boden kniend, und ihre ganze Seele dem Herrn schenkte für die Gnade, die ihr so unerwartet zuteil geworden war, wie sie Ihn bat, ihr diese Gnade nicht zu entziehen! Aber der Hausherr hatte ständig etwas auszusetzen: Heute beim Essen hatte er sie so angefahren, daß Arme und Beine ihr den Dienst versagten und die Schüssel mit der Kohlsuppe auf den Boden flog. Und was sich daraufhin bei den Herrschaften abgespielt hatte! Selbst der Lehrer, der während des ganzen Essens nur an Prometheus dachte, hielt es nicht mehr aus, wandte seine Schweinsäuglein ab und sagte:

»Streiten Sie nicht, Herrschaften, um des hohen Feiertags willen!«

Nun war das Haus still, zur Ruhe gekommen. Im Hof färbte sich das rauchige Schneegestöber tiefblau, die Schneewehen türmten sich höher als die Dächer, Tor und Pforte waren zugeweht ... Ein blasser Junge mit abstehenden Ohren und mit Filzstiefeln an den Füßen, der elternlose Neffe der Hausherrin, hatte es sich an dem feuchten Fensterbrett in seiner Kammer neben der Küche gemütlich gemacht und lernte eifrig. Er war ein fleißiges Bürschchen und entschlossen, das, was man ihm für die Weihnachtsferien aufgetragen hatte, so oft zu wiederholen, bis er es in- und auswendig konnte. Er wollte seinen Erziehern und Wohltätern keinen Kummer bereiten, ihnen zur Freude und dem Vaterland zum Nutzen versuchte er, sich ein für allemal einzuprägen, daß die Griechen (ein im allgemeinen friedliches Volk, das von morgens bis abends gemeinsam an Theatertragödien mitwirkte, Opfergaben darbrachte und in seinen freien Stunden das Orakel befragte) vor zweieinhalbtausend Jahren mit Hilfe von Pallas Athene das Heer des Perserkönigs zerschlugen und noch weiter auf dem Weg der Zivilisation hätten fortschreiten können, wären sie nicht durch Verweichlichung und Verderbtheit untergegangen, was im übrigen allen antiken Völkern widerfahren war, die sich im Übermaß dem Götzendienst und der Prunksucht hingaben. Nachdem er sich das eingeprägt hatte, schlug er sein Buch zu und machte sich hingebungsvoll daran, mit den Fingernägeln das Eis von der Fensterscheibe zu kratzen. Dann stand er auf, schlich zur Küchentür, spähte hindurch – und sah wieder das gleiche Bild: In der Küche war es still und dunkel, die billige Wanduhr, deren Zeiger sich nicht bewegten und immer auf Viertel nach zwölf standen, tickte ungewohnt deutlich und hastig, das Schwein, das in der Küche überwinterte, stand neben dem Ofen, den Rüssel bis zu den Augen in den Kübel gesteckt, und wühlte im Spülwasser … und die Alte saß da und weinte: Kaum hatte sie sich mit dem Rockzipfel die Tränen abgewischt, ging es schon wieder los!

Sie weinte auch später, als sie die kleine Lampe anzündete und auf dem Boden mit einem stumpfen Küchenmesser Kiefernspäne für den Samowar schnitt.

Sie weinte auch am Abend, als sie den Samowar ins Speisezimmer der Herrschaft brachte und den Gästen die Tür öffnete – um die Zeit, als der zerlumpte Wächter, dessen sämtliche Söhne, vier junge Kerle, die Deutschen schon vor langer Zeit mit Maschinengewehren getötet hatten, die dunkle, verschneite Straße hinunterschlurfte zu einer vom Schneesturm ausgeblasenen Laterne, als sich auf den stockfinsteren Feldern Weiber, Greise, Kinder und Schafe in stinkenden Katen schlafen legten, während in der fernen Hauptstadt ein wahres Meer von Lustbarkeiten wogte: In teuren Restaurants gaben die reichen Gäste sich den Anschein, als gefalle es ihnen, Baijiu mit Orangen aus dem Krug zu trinken und für jeden Krug fünfundsiebzig Rubel zu zahlen; in Kellerspelunken, Kabaretts genannt, schnupften junge Leute, die sich als Futuristen, also als Menschen der Zukunft, gerierten, Kokain und schlugen einander um der größeren Popularität halber gelegentlich mit dem erstbesten Gegenstand in die bemalte Visage; in einem Auditorium spielte ein Lakai den Poeten und sang seine Verse über Aufzüge, Gräfinnen, Automobile und Ananas; in einem anderen, wo eine Sitzung der *Gesellschaft der Freunde einer Annäherung an Europa* stattfand, lauschte die sehr große Versammlung mit höchst scheinheiligem Ernst einem enthusiastisch näselnd vorgetragenen Referat zur ruhmreichen Zukunft von Rußland und Europa – *Über die bevorstehende Verschmelzung des Antlitzes des Weiblichen mit dem Antlitz des Männlichen*; in einem Theater kletterte ein komplett Kahlköpfiger über Granitsteine aus Pappkarton und verlangte beharrlich, ihm irgendwelche Tore zu öffnen; in einem anderen kam ein großer Meister im Imitieren altrussischer Fürsten unter lautem Hufgetrappel auf einem alten Schimmel auf die Bühne geritten, legte die Hand an seinen Papierharnisch und sang ganze fünfzehn Minuten für zweitausend Rubel, während fünfhundert Männer mit spiegelnden Glatzen durch ihre Binokel konzentriert einen Damenchor betrachteten, der den Fürsten unter lautem Gesang das Geleit zu einem Feldzug gab, und ebenso viele elegante Damen in den Logen Schokoladenkonfekt aßen; in einem dritten Theater traten fettleibige alte Männer und Frauen einander schreiend mit Füßen und spielten längst verstorbene Kaufleute und Kaufmannsfrauen aus Samoskworetschje; in einem vierten jagten gänzlich nackte, mit gläsernen Weintrauben geschmückte magere junge Frauen und Männer wie toll hintereinander her und spielten Satyrn und Nymphen ... Kurzum, bis in die späte Nacht, während die einen wachten und die anderen sich schlafen legten oder vergnügten, weinte die dumme Alte in der Kreisstadt bittere Tränen zu dem heiseren, gespielt verzweifelten Geschrei, das aus dem Salon ihrer Herrschaft drang:

»Ach meine Herr'n, ich müßte lügen,
Wollt' ich mich mit einer Frau begnügen!«

Fastenzeit

Ein Gutshaus auf dem Lande, Anfang März, die ersten Wochen der Großen Fasten.

Die Tage sind dunkel und einförmig.

Aber sie sind wie ein langer, ruhiger Vorabend zum Feiertag.

Ich lebe zurückgezogen, arbeite von morgens bis abends. Aber die Arbeit geht mir leicht und zügig von der Hand, mit jener seltenen geistigen Sehschärfe, die einem unaussprechliches Glück schenkt.

»Dir, meine Seele, hat der Herr Talent anvertraut: Nimm die Gabe mit Ehrfurcht entgegen.«

Heute habe ich wieder nicht bemerkt, wie mein Tag verging. Aber da schlägt es sechs, es wird dunkel, vor den Fenstern schimmert es bläulich.

Müde und zufrieden lege ich die Feder nieder, innerlich danke ich Gott für meine Kräfte und die Arbeit, dann kleide ich mich an und gehe hinaus auf die Vortreppe.

Dämmerung, Stille, süße Märzluft ...

Ich gehe durch das Dorf, hänge meinen Gedanken nach, forme meine geheimen Ideen, sehe dabei aber alles, bemerke und fühle alles – mein Herz, meine Augen, meine Ohren sind jetzt empfänglich für alles.

Ach, ja, bald ist es soweit.

Sogar in der winterlichen Düsternis dieser Dämmerung – in ihrem kaum merklichen Tiefblau – liegt schon der Frühling.

Der graue Schnee auf den Feldern jenseits des Dorfes ist brüchig, die Katen im Dorf zeichnen sich dunkel und schemenhaft ab, kein einziges Licht ist zu sehen.

Dunkel ist es auch im Gutshaus, das ich bei der Rückkehr aus dem Dorf vor mir sehe.

Dahinter verdunkeln die Wolken am düsteren Himmel den Garten.

Doch auch darin liegt der Frühling – darin, daß so spät im Dorf kein Licht mehr entzündet wird, daß der Garten einer finsteren Wolke gleicht, daß der Himmel und die Wipfel im Garten so düster sind.

Auf dem Dorfanger steht die Kirche, dort ist heute Gottesdienst.

Im Näherkommen erkenne ich vor dem Tor zum Kirchhof den mit einem alten Teppich bedeckten Doppelschlitten des Gutsbesitzers.

Dort, am Anbindepfosten, stehen auch die Lastschlitten der Bauern mit ihren Pferden, die klein und zottig sind und sich den Winter über ein dichtes Fell zugelegt haben. Daneben im Schnee sind Heubüschel und Pferdeäpfel verstreut, und all das riecht frisch und feucht und ebenfalls frühlingshaft. Mit wildem, abweisendem Getose brausen die kahlen Pappeln, die sich über der Kirchenmauer erheben.

Zusehends, mit jeder Minute wird es dunkler – die Gesichter der Kirchgänger sind kaum mehr zu erkennen –, zur Nacht kommt leichtes Schneegestöber auf, und in den brausenden Wedeln der Pappeln liegt etwas Strenges, Unheimliches.

Hinter dem Tor, im windgeschützten Kirchhof, ist die Luft milder, aber mitunter wird der Hof grau verweht vom wirbelnden Schneefegen, Rauch stiebt von der Mauer auf, und eisiger Schneestaub sprüht mir ins Gesicht.

Als sich oben an der Treppe des hohen, steinernen Kirchenvorbaus die Tür öffnet, sieht man durch das dunkle Vestibül in den Innenraum mit den goldenen und roten Lichtpunkten, mit der glänzenden Ikonenwand – dort sieht es feierlich aus.

Oben auf dem Kirchenvorbau nehme ich diesen schwer zu beschreibenden, kühlen, besonderen Geruch wahr, wie es ihn nur in der Vorhalle einer russischen Kirche zu Beginn des russischen Frühlings gibt.

Dann – die Glastür, schwüle, wohlriechende Kirchenwärme, eine dunkle Wand von Menschen und dahinter helles Licht.

Dort, in diesem hellen Licht, neben dem großen Kirchenleuchter, auf dem ein ganzes goldenes Leuchtfeuer lodert, steht ein Fräulein – die, deren Schlitten ich vor dem Tor gesehen habe.

Sie ist blaß, jugendlich frisch und so rein, wie es nur soeben dem Mädchenalter entwachsene junge Damen sind, die sich durch Fasten und Beten auf die Beichte vorbereiten.

Ihr graublaues Kleid, unter dem das Korsett durchscheint, das ihre zarte Taille zusammenschnürt, hat im Kerzenschein einen grünlichen, mondfarbenen Ton angenommen.

Ihr schwarzer, locker geflochtener Zopf fällt auf den Rücken herab. Hell leuchtet das zarte Oval ihres Gesichts mit den dichten, zu den Bildern der Ikonenwand erhobenen Wimpern.

Von welchen Sünden reinigt sie sich durch das Fasten, durch das lange Stehen, durch ihre Blässe?

Was empfinde ich für sie?

Ist sie meine Tochter? Meine Braut?

Im Dunkeln kehre ich nach Hause zurück und verbringe den Abend mit einem Buch, in einer Welt, die nicht existiert und doch so untrennbar verbunden ist mit allem, wovon meine Seele lebt.

Ich schlafe ein mit dem Gedanken an die Freuden des morgigen Tages – an die Freuden meiner Ideen.

Oh Herr, gib mir nicht den Geist des Müßiggangs und des Verzagens.

Mehr brauche ich nicht. Ich habe alles, alles in der Welt ist mein.

Der dritte Hahnenschrei

Bei Tagesanbruch, in Nebel und Dämmerung, als alle noch schliefen in Sinope, näherte sich ein Piratenschiff der Stadt.

Die Hähne krähten um diese dunkle, süße Stunde über das ganze hohe Ufer, über die ganze Stadt, und vom Piratenschiff her erwiderte der Piratenhahn ihren Ruf mit einträchtiger Freude.

Es schliefen in Sinope Hunde und Wächter, es schliefen Kinder und Frauen – alle schliefen –, und die Piraten, sich halblaut verständigend, stiegen vom Schiff hinunter in ein kleines Boot, auf das kräftig riechende, frische Wasser, ruderten ans Ufer und schlichen sich zu den Behausungen.

Niemanden verschonten sie, die Wölfe, weder Alt noch Jung!

Und als sie Hab und Gut geraubt und fünf unschuldige Seelen um ihr Leben gebracht hatten – fünf Blutsverwandte des heiligen Phokas von Sinope –, kehrten sie eilig auf ihr Schiff zurück, hißten die Segel und fuhren wieder hinaus aufs Meer.

Und dort, in der freien Ödnis, begann ein wildes Gelage. Sie aßen und tranken und tanzten und sangen – bis in den Abend hinein.

Gegen Abend dann sanken sie in die Kajüten, jeder wie es gerade kam, ohne die Segel einzuholen, ohne eine Laterne anzuzünden und ohne einen Mann ans Ruder gestellt oder eine Wache postiert zu haben.

Als sich die Dämmerung über das Meer senkte, ballten sich niedrige Wolken darüber, und eine große Stille breitete sich aus.

Die Segel schlaff herabhängend wie leere Ärmel, so fuhr das Schiff übers Meer, ohne Weg, ohne Richtung.

Und in den Kajüten, in der übelriechenden Dunkelheit schnarchten schwerfällig die Betrunkenen.

Und der Herr sprach:

»Das haben sie verdient, die Übeltäter!

Schweigt, ihr weißen Meeresvögel, stürzt nicht mit schrillem Schrei herunter auf die Meereswogen – weckt nicht die Stille und die schlafenden Piraten.

Erheben werde Ich mich im Wind von Westen her, ich werde Pontos gleichsam mit schwarzem Sand überstäuben – und wie ein Wirbelwind in einem roten Blitz darüber hinwegbrausen:

Wehe euch, betrunkene Piraten!

Kieloben, mit Donner und Gewitter werde Ich euren schwankenden Unterschlupf umstürzen!

In die Tiefe des Meeres stürze Ich euch, die ihr die menschliche und die göttliche Ordnung mißachtet!«

Aber wer leuchtet da wie ein zarter blauer Schemen am Bug des Piratenschiffs?

Wer hat das Licht in der Laterne entzündet und steigt eilig in die dunklen Kajüten hinunter?

Das ist Phokas, der Heilige der Seeleute.

Er rüttelt und weckt die Piraten, spricht zu ihnen mit hastiger, unheimlicher Stimme:

»Ach, steht auf, so rasch ihr könnt, Piraten! Lauft an Deck, holt die Segel ein, stellt einen Mann ans Ruder – euch droht ein großes Unglück!«

Und die Piraten springen auf voller Angst, rennen hierhin und dahin, über das Schiff, an Deck – sie packen die Fallen, die Steuerräder, und schon braust der Wind über das Meer, zerrt an den Segeln, bläst die Laterne aus, wirft die Piraten zu Boden:

»Rettet euch, ihr Missetäter, ihr Kaine!«

Und während sie kämpfen und sich zu retten versuchen, ruft der zürnende Herr den heiligen Phokas in Seine dunklen, von roten Blitzen durchzuckten Himmel:

»Sag mir, Heiliger, bist du nicht aus derselben Stadt, in der die Piraten gewütet haben?«

Und der Heilige antwortet bebend:

»Das bin ich, Herr.«

»War es dir bekannt, daß Ich die Piraten vernichten wollte, die in ihrer Gier und Willkür sich erhoben zur Mißachtung der göttlichen Ordnung und fünf deiner Blutsverwandten ermordet haben?«

»Das war es, Herr.«

»Weshalb hast du dich dann erdreistet, dich Mir zu widersetzen?«

Der Heilige sinkt vor dem Herrn auf die Knie:

»Wegen des dritten Hahnenschreis, der einst den Apostel Petrus Tränen der Liebe und Reue vergießen ließ. Als ich dachte, daß die Piraten niemals mehr diese freudige vormorgendliche Stimme würden hören können, begann meine Seele in bitterer Zärtlichkeit zu trauern.

Wahrlich, Herr! Süß ist das irdische Leben, das Du gegeben!

Allein um dieser Stimme willen, die unwissenden und bösen Menschen einen neuen Tag, einen neuen Weg verspricht, sei die irdische Geburt auf alle Ewigkeit gesegnet!«

Und der Herr vergibt dem heiligen Phokas.

SCHLINGENOHREN

Der ungewöhnlich groß gewachsene Mann, der sich als Adam Sokolowitsch, ehemaliger Seemann, vorstellte, war an diesem dunklen, kalten Tag vielen begegnet, sowohl beim Nikolaj-Bahnhof als auch verschiedentlich auf dem Newski-Prospekt. Vom Bürgersteig der Ligowka aus blickte er mit unerklärlichem Ernst auf das vor Nässe glänzende Denkmal für Alexander III., auf die Reihe der Straßenbahnwagen, die einen Kreis um den Platz herum beschrieben, auf die schwarzen menschlichen Gestalten, auf Kutscher und Fuhrknechte, die dem Bahnhof zustrebten, auf das riesige Postauto, das unter dem Torbogen des Bahnhofs herausgefahren kam, auf den Leichenwagen, der durch dieses Getümmel einen ärmlichen, von niemandem begleiteten, grellgelben Sarg fortbrachte; er stand auf der Anitschkow-Brücke und starrte finster auf das dunkle Wasser und die vom schmuddeligen Schnee grauen Schleppkähne; er schlenderte über den Newski und studierte aufmerksam die Waren in den Schaufenstern der Geschäfte. Man konnte gar nicht umhin, ihn zu bemerken, sich an ihn zu erinnern, und ein jeder, dem er zum zweiten, zum dritten Mal unter die Augen kam, wurde von einem diffusen Unbehagen beschlichen, wandte sich ab und dachte:

»Ach, schon wieder dieser schreckliche Herr!«

Seine Schuhe, die engen Hosen, der auf der Rückseite mit Dreck bespritzte Tuchmantel und die englische Schirmmütze aus Leder zeugten davon, daß sie seit langem, ständig und bei jedem Wetter getragen wurden. Ungewöhnlich groß gewachsen, hager und vierschrötig, mit langen Beinen und großen Füßen, um den Mund herum frisch rasiert und mit einem gelblichen, schütteren amerikanischen Bartsaum unterhalb der stark ausgeprägten Kinnpartie, so stand er mit düsterer, feindseliger und konzentrierter Miene, die langen Hände in den Manteltaschen vergraben und methodisch am Mundstück einer Papirossa kauend, lange vor den Schaufenstern. Ob ihn all diese Krawatten, Uhren, Koffer und Schreibutensilien wirklich so interessierten? Man sah sofort, daß dem nicht so war, daß er zu den merkwürdigen Menschen gehörte, die allein deshalb von morgens bis abends durch die Stadt streifen, weil sie nur im Gehen denken können, im Freien, oder aber weil sie obdachlos sind und auf irgendetwas warten.

Den Abend verbrachte er in einem billigen Wirtshaus nicht weit von der Rasjesschaja-Straße, mit zwei ihm unbekannten Matrosen in Zivilkleidung.

Alle drei saßen ohne abzulegen in dem schummrigen, kalten Raum an einem ungemütlichen Tisch an der Wand, wobei Sokolowitsch einen besonders ungemütlichen Platz erwischt hatte: Von hinten starrte ihm der kleine, rundköpfige Tatare, der auf der anderen Seite des Raumes hinter der Speisetheke stand, in den Rücken, vor ihm an der Wand hing die Reklame einer Brauerei, auf der drei glückselige Stutzer mit Zylinder im Nacken und schäumendem Bierhumpen in der Hand abgebildet waren, von rechts brachten die direkt von der Straße her eintretenden Gäste alle Augenblicke eisige Feuchtigkeit mit, und von links wehte dauernd ein Luftzug von den zur Theke und zurück laufenden Kellnern: Hier war eine Schwelle mit drei Stufen – der Eingang zu einem kleinen Korridor, aus dem es nach Küche und der Säure von Gas roch –, und man sah die offene Tür zum Billardzimmer, in dem es von oben her dunkel und unten hell war, wo die Kugeln laut klackerten und Männer, deren Köpfe sich im Halbdunkel verloren, nur in Weste und mit Queues über der Schulter hin und her gingen. Als Sokolowitsch sich an seinem unruhigen Platz niederließ, zog er seine Pfeife aus der Manteltasche und betrachtete mit gerunzelten Brauen eingehend die Bierreklame. Während die Matrosen mit dem Kellner sprachen, der an ihren Tisch gekommen war, begann Sokolowitsch, seine Pfeife zu stopfen und bemerkte mit seiner volltönenden Stimme zu niemandem im besonderen:

»Warum nur sammelt man lauter Ramsch, warum sammelt man nicht Reklame, also historische Dokumente, die die menschlichen Ideale am wahrhaftigsten darstellen? Drücken denn nicht diese Stutzer hier den Traum von neun Zehnteln der Menschheit aus?«

»Sie sind doch selbst ein Herrensohn«, bemerkte darauf einer der Matrosen, Lewtschenko, gehässig.

»Ich bin ein Menschensohn«, sagte Sokolowitsch mit einer seltsamen Feierlichkeit, die auch für Ironie hätte durchgehen können. »Mein Herrenstand hat mich nicht daran gehindert, die Welt und alle ihre Götter zu sehen. Und auch nicht daran, Chauffeur zu sein ... Wissen Sie, es ist ein aufregendes Vergnügen – zu sehen, wie die Straße auf einen zufliegt und wie eine schöne Dame hin und her läuft und nicht weiß, ob sie nach rechts oder nach links springen soll.«

Danach zündete er seine Pfeife an, stützte den Ellbogen auf den Tisch und hielt die Pfeife in seiner großen linken Hand, wo unter dem Ärmelaufschlag kein

Hemd zu sehen war und am flachen Handgelenk eine Tätowierung bläulich schimmerte – ein sich schlängelnder japanischer Drache.

Den ganzen Abend hindurch tranken sie – zum Schein aus Teetassen – kaukasischen Cognac, aßen dazu rosa Pfefferminzkekse und qualmten unbarmherzig. Die Matrosen, wie alle arbeitenden Menschen, die ständig vom Leben übergangen werden, redeten viel, jeder darum bemüht, nur von sich selbst zu sprechen; sie suchten sich an die niederträchtigsten Taten ihrer Feinde und Unterdrücker zu erinnern und damit zu brüsten – der eine hatte angeblich einmal dem nörglerischen Gehilfen des Kapitäns eins in die Visage gegeben, der andere hatte angeblich einmal einen Bootsmann über Bord geworfen –, und immerzu stritten sie völlig grundlos und riefen:

»Na, wollen wir wetten?«

Sokolowitsch zog an seiner Pfeife, schob den Kiefer hin und her und schwieg mürrisch. Er war Stammgast in sämtlichen Spelunken von Kronstadt bis Montevideo, betrank sich aber nie, sondern liebte nur Ginger und Absinth. An diesem Abend stand er im Trinken nicht zurück hinter seinen Gefährten, doch äußerlich zeigte der Rausch keine Wirkung auf ihn.

Dies reizte die Matrosen, um so mehr als sie –

wie sie später zugaben – Sokolowitschs kantiges, abstoßendes Gesicht und sein Hang zu geheimnisvoller Grübelei den ganzen Abend über schon gereizt hatten, ebenso wie die Tatsache, daß sie weder seinen Charakter oder seine Vergangenheit noch sein jetziges obdachloses, müßiges Leben so recht durchschauen oder verstehen konnten. Lewtschenko, der ziemlich schnell betrunken war, fuhr ihn einmal an:

»Sie sind mir einer! Wir spendieren Ihnen was, warum beteiligen Sie sich nicht mal am Gespräch, statt nur an Ihrer verräucherten Pfeife zu kauen?«

Sokolowitsch wies ihn ruppig, aber beherrscht zurecht:

»Schreien Sie nicht herum, wenn ich bitten darf! Das geht mir auf die Nerven. Ich habe Ihnen schon des öfteren gesagt, daß Alkohol bei mir wenig Wirkung zeigt und mir kein besonderes Vergnügen verschafft. Mein Geschmackssinn ist unterentwickelt. Ich bin gewissermaßen eine Mißgeburt. Verstanden?«

Lewtschenko geriet in Verlegenheit und antwortete mit aufgesetzter Frechheit:

»Na dann nehmen Sie aber selber das Maul mal nicht so voll, bitte sehr! Was soll ich verstanden haben? Wenn Sie eine Mißgeburt wären, wären Sie ja krank und könnten keinen Alkohol vertragen, aber

Sie erzählen mir das genaue Gegenteil. Sie können mit einer Hand einen Menschen umbringen, sagen aber ...«

»Ich sage, was wahr ist«, unterbrach Sokolowitsch mit erhobener Stimme. »Wenn einer eine Mißgeburt ist, sind manche Empfindungen und Eigenschaften bei ihm überspitzt, höher entwickelt und manche weniger. Verstanden? Kraft tut dabei gar nichts zur Sache.«

»Und wie kann ich erkennen, ob einer eine Mißgeburt ist, wenn er stark ist wie ein Eber?« fragte Lewtschenko spöttisch.

»Na zum Beispiel an den Ohren«, erwiderte Sokolowitsch halb im Ernst, halb im Scherz. »Mißgeburten, Genies, Landstreicher und Mörder haben Schlingenohren, das heißt, Ohren, die aussehen wie Schlingen – so wie die, an denen man sie aufhängt.«

»Also wissen Sie, jeder kann zum Mörder werden, wenn er in Harnisch gerät«, bemerkte der zweite Matrose, Pilnjak, obenhin. »Einmal in Nikolajewo habe ich ...«

Sokolowitsch wartete, bis er zu Ende erzählt hatte, und sagte dann:

»Ich vermute ebenfalls, Pilnjak, daß diese Ohren nicht nur für sogenannte Mißgeburten charakteristisch sind. Die Leidenschaft zu töten und zu Grausamkeit allgemein steckt, wie Sie wissen, in jedem. Aber es gibt auch Menschen, die einen vollkommen unbezwingbaren Drang zu töten verspüren – aus ganz unterschiedlichen Gründen, aus Atavismus etwa oder aus einem insgeheim aufgestauten Menschenhaß heraus –, die kaltblütig töten und nachher nicht etwa von Gewissensbissen gepeinigt werden, wie es gemeinhin heißt, sondern im Gegenteil zur Normalität zurückkehren und Erleichterung verspüren – wenngleich ihr Zorn, ihr Haß, ihr heimlicher Blutdurst in einer abscheulichen, elenden Form zum Ausbruch gekommen ist. Überhaupt ist es an der Zeit, das Märchen von dem Grauen und den Gewissensbissen, von denen Mörder angeblich verfolgt werden, fallenzulassen. Schluß damit, den Leuten vorzulügen, das Blut würde die Mörder schaudern lassen. Schluß damit, Romane über Schuld und Sühne zu verfassen, es ist an der Zeit, über Schuld ohne jedwede Sühne zu schreiben. Der Zustand eines Mörders hängt von seiner Ansicht über Mord ab und davon, ob er dafür den Galgen oder Belohnung und Lob erwartet. Werden etwa diejenigen, die Stammesrache, Duell, Krieg, Revolution und Hinrichtung anerkennen, von Gewissensbissen gepeinigt und von Grauen gepackt?«

»Ich habe *Schuld und Sühne* von Dostojewski gelesen«, bemerkte Lewtschenko nicht ohne Überheblichkeit.

»So?« sagte Sokolowitsch und hob seinen schweren Blick. »Haben Sie denn auch vom Scharfrichter Deibler gelesen? Der ist kürzlich mit achtzig Jahren in seiner Villa bei Paris gestorben, nachdem er auf Befehl seines hochzivilisierten Staates im Laufe seines Lebens genau fünfhundert Köpfe abgeschlagen hatte ... Auch die Kriminalchroniken strotzen nur so vor Aufzeichnungen über grausamsten Gleichmut, über Zynismus und Räsonnement seitens der blutigsten Verbrecher. Es geht jedoch gar nicht um Mißgeburten oder Scharfrichter oder Sträflinge. Sämtliche Bücher der Menschheit – all die Mythen, Epen, Bylinen, Geschichten, Dramen, Romane – sind voller solcher Aufzeichnungen, und wen schaudert es deshalb? Jeder kleine Junge kann gar nicht genug bekommen von Cooper, wo andauernd Leute skalpiert werden, jeder Gymnasiast lernt, daß die assyrischen Könige die Mauern ihrer Städte mit den Häuten von Gefangenen bezogen, jeder Pastor weiß, daß das Wort *tötete* mehr als tausendmal in der Bibel vorkommt und in den meisten Fällen mit größter Prahlerei und Dankbarkeit gegenüber dem Schöpfer für das Vollbrachte.«

»Deswegen heißt es ja auch das Alte Testament, die Alte Geschichte«, wandte Lewtschenko ein.

»Und bei der neuen«, sagte Sokolowitsch, »würden einem Gorilla die Haare zu Berge stehen, wenn er denn lesen könnte … Aber nein«, sagte er stirnrunzelnd und mit einem Blick zur Seite, »mit Kain haben die zweiarmigen Gorillas nichts mehr gemein! Sie haben sich weit entfernt von ihm, längst seine Naivität verloren – vermutlich seit der Zeit, als sie an der Stelle ihres sogenannten Paradieses Babylon errichteten. Die echten Gorillas hatten weder assyrische Könige noch Alexander den Großen oder die Cäsaren, sie hatten weder die Inquisition noch die Entdeckung Amerikas oder Könige, die Todesurteile unterschrieben mit einer Zigarre im Mund, sie hatten weder Erfinder von Unterseebooten, die mehrere Tausend Menschen gleichzeitig auf den Grund des Meeres sinken lassen, noch Robespierre oder Jack the Ripper … Was meinen Sie, Lewtschenko«, fragte er und richtete seinen strengen Blick wieder auf die Matrosen, »haben all diese Herrschaften wohl solche Qualen gelitten wie Kain oder Raskolnikow? Haben die Mörder von Tyrannen und Gewaltherrschern, die mit goldenen Lettern in die sogenannten Annalen der Geschichte eingegangen sind, Qualen gelitten? Leiden Sie Qualen, wenn Sie lesen, daß die Türken weitere hunderttausend Armenier abgeschlachtet haben, daß die Deutschen die Brunnen mit Pestbazillen vergiften, daß die Schützengräben überquellen von verwesenden Leichen, daß Militärluftfahrer Bomben über Nazareth werfen? Leiden Städte wie Paris oder London, die auf menschlichen Knochen erbaut sind und unter brutalster, gewöhnlichster Grausamkeit gegenüber dem sogenannten Nächsten blühen und gedeihen? Qualen gelitten hat offenbar einzig und allein Raskolnikow, und auch er nur wegen seiner Blutarmut und weil sein boshafter Autor, der Christus in seinen sämtlichen Boulevard-Romanen unterbrachte, es so wollte.«

»Segel setzen! Auf geht's!« rief Lewtschenko in dem Bemühen, das Gespräch, das ihm schon zu anstrengend war, ins Scherzhafte zu wenden.

Sokolowitsch schwieg eine Weile, spuckte zwischen die Knie und setzte dann bedächtig hinzu:

»Schon jetzt sind zig Millionen an Kriegen beteiligt. Bald wird Europa ein einziges Mörderreich sein. Dabei weiß jedermann sehr gut, daß die Welt davon nicht im geringsten den Verstand verliert. Früher sagte man, es sei entsetzlich, nach Sachalin zu fahren. Aber ich wüßte gerne, wer alles in ein, zwei Jahren, wenn der Krieg zu Ende ist, auf den Gedanken kommt, sich vor einer Reise durch Europa zu fürchten?«

Pilnjak erzählte von seinem Onkel, der aus Eifersucht seine Frau umgebracht hatte. Sokolowitsch hörte sich das an und bemerkte finster sinnierend:

»Die Menschen neigen überhaupt eher dazu, Frauen umzubringen als Männer. Unsere Empfindungen schenken dem Körper des Mannes nie dieselbe Aufmerksamkeit wie dem der Frau, der niederen Kreatur jenes Geschlechts, das uns alle gebiert und sich mit wahrer Leidenschaft nur rauhen, starken Böcken hingibt …«

Er stützte die Ellbogen auf die Knie, verstummte wieder und schien seine Gesprächspartner völlig zu vergessen.

In der elften Stunde, nach einem flüchtigen, herablassenden Abschied von den Matrosen, die im Wirtshaus sitzen blieben, machte er sich wieder auf zum Newski-Prospekt.

Die helle Straßenbeleuchtung wurde durch dichten Nebel gedämpft, so kalt und durchdringend, daß der Schnurrbart des Polizeioffiziers, der an der Ecke der Wladimirskaja-Straße den Strudel aufeinander zurasender Kutschen, Kaleschen und glotzäugiger Automobile lenkte, grau aussah. Bei Palkin schlug ein seitwärts auf die Deichsel gefallener Rappe verzweifelt mit den Hufen und schlitterte bei dem Versuch, sich wieder aufzurichten und hochzuspringen, über das glatte Pflaster, während ein verwegener Kerl, mit seinem gewaltigen Kutscherschurz sehr merkwürdig anzusehen, kopflos um ihn herumrannte, um ihm zu helfen, und ein rotgesichtiger Riese von Polizist, der vor Kälte die Lippen kaum auseinanderbrachte, herumschrie und mit seiner in Baumwollhandschuhen steckenden Hand das Volk auseinandertrieb; Sokolowitsch hörte jemanden sagen, daß ein alter Mann mit weißem Bart und langem Waschbärpelz, anscheinend ein bekannter Schriftsteller, beim Überqueren der Straße überfahren worden sei, aber er blieb nicht einmal kurz stehen. Er bog auf den Newski ein.

Einige überholen ihn und blickten ihm verwundert von unten her ins Gesicht, einige überholte er selbst. Die Hände in den Taschen, die Schultern hochgezogen, den nebelfeuchten Bart im Kragen versteckt, blickte er auf die kleine dunkle Menge, die vor ihm lief und von der er sich durch seine Größe beinahe unnatürlich abhob, hinunter und setzte seine langen Füße in gemessenem Tempo auf den Gehweg, stets mit dem linken Bein zuerst und beim linken Schritt weiter ausholend als beim rechten. Von den elektrischen Kandelabern fielen eckige Schatten in die Nebelschwaden. Träge, mit eintönigem Hufgetrappel zockelten rauhreifbedeckte Kutschpferde durch den Nebel; dazwischen preschten Traberpferde, auffallend durch ihre Kraft und Dreistigkeit, und prusteten Dampf aus den Nüstern, der sich mit den im Wind dahintreibenden Nebelfetzen mischte; wie ein Wirbelwind brauste ein ungestüm dahineilendes Paar vorbei – ein blutjunger, bemerkenswert leicht und elegant gekleideter Offizier, dessen Säbelscheide aus der Equipage heraushing und der mit bemerkenswerter Unverfrorenheit die Taille einer Dame umfangen hielt, die sich eng an ihn schmiegte und ihr Gesicht in einem Persianermuff verbarg … Sokolowitsch verlangsamte seine Schritte und blickte dem Paar lange hinterher, dorthin, wo sich im eisigen Dunst des gewaltigen Stromes, als der der Newski erschien, die endlose Kette weinroter Straßenbahnlichter verlor und grünliches Wetterleuchten aufflammte. Sein großes Gesicht war beinahe grausam in seiner Anspannung.

Er ging schräg über die Anitschkow-Brücke und auf der anderen Seite des Prospekts weiter. Wind und Nebel nahmen an Stärke zu, in der Ferne, in dunkler, dunstiger Höhe, sah man das rötliche Auge der Uhr auf dem Turm der Stadtduma. Sokolowitsch hielt inne, blieb längere Zeit stehen, rauchte eine Papirossa und nahm mit gerunzelter Stirn die Prostituierten in Augenschein, die bereits auf den Gehwegen aufgetaucht waren und unbekümmert gemächlich vorüberspazierten; hinter ihm befand sich das riesige spiegelnde Schaufenster eines geschlossenen und zur Nacht nur spärlich erleuchteten Geschäfts, aus dem reglos wächserne blonde Schönlinge mit langen, spärlichen Wimpern starrten, in teuren Mänteln und Pelzen, mit dünnen Holzbeinen, die leblos aus den modischen, tadellos gebügelten Hosen herausstaken … Dann ging er weiter, bis zur Kasaner Kathedrale, die die neblige Dunkelheit ihres Hauptes beraubt hatte, und stieg die Treppe zum *Dominique* hinauf.

Dort, wo dichtes Gedränge herrschte und die Menschen ohne abzulegen im Stehen aßen und tranken wie auf der Straße, setzte er sich in eine dunkle Ecke – hell war es nur oberhalb der von der Menge belagerten Theke – und bestellte einen schwarzen Kaffee. Völlig überraschend erschien an seinem Tisch ein schmächtiger Herr, mit Melone auf dem Kopf und verfrorenem Gesicht, der hastig um Erlaubnis bat, ein Schwefelholz aus der Streichholzdose nehmen zu dürfen, ihn damit kurz anleuchtete und haspelte:

»Verzeihen Sie bitte, Sie erinnern mich frappant

an einen Wilnaer Bekannten – sind Sie nicht Herr Janowski?«

Sokolowitsch blickte ihm eindringlich in die Augen und erwiderte mit gewichtigem Ernst:

»Sie täuschen sich.«

Er saß bis ein Uhr nachts im *Dominique*. Schließlich füllte sich der leer gewordene Saal mit dem Poltern der Stühle, die die plötzlich zwanglosen, ungehobelten Lakaien umgedreht auf die Tische knallten. Er warf einen Blick auf seine große silberne Uhr und erhob sich.

Nachts im Nebel ist der Newski unheimlich. Er ist menschenleer und leblos, und die Dunkelheit, die ihn einhüllt, scheint Teil eben jener arktischen Dunkelheit, die von dort kommt, wo das Ende der Welt ist, wo sich etwas verbirgt, das dem menschlichen Verstand unbegreiflich ist und Pol genannt wird. Die Mitte dieses dunstigen Stroms ist von oben her noch durch das weißliche Licht der elektrischen Lampen erhellt. Auf den Gehsteigen, vor den schwarzen Schaufenstern und den verschlossenen Toren, ist es dunkler. Dort flanieren, halblaut vor sich hin trällernd und im Schlenderschritt, nach außen hin sorglos, aber in der eisigen Feuchtigkeit innerlich heillos zitternd, billig und für das Wetter unpassend herausstaffierte

Frauen, und die Gesichter einiger dieser Frauen bestürzen einen durch die Ausdruckslosigkeit ihrer Züge derart, daß einem angst und bange wird, als begegne man Wesen einer ganz anderen als der menschlichen, einer unbekannten, niedrigen Art.

Als Sokolowitsch das *Dominique* verlassen hatte und etwa zweihundert Schritt gegangen war, nahm er eine dieser Frauen mit, die, wie sich später herausstellte, Korolkowa hieß, sich aber einfach Koroljok nannte, eine kleine, dünne Person, die indes durch ihre geschmacklose, modische Kleidung ausladend wirkte und ein protziges, ebenfalls ausladendes und mit Kirschen verziertes Hütchen aus schwarzem Samt trug. Ihr breitwangiges Gesicht mit den kleinen, tief in den Höhlen liegenden Augen hatte etwas Fledermausähnliches. Mit gespielter Unbekümmertheit den Kopf wiegend, ja gewissermaßen im Bewußtsein der Unwiderstehlichkeit ihres Geschlechts raffte sie mit der einen Hand den Rock, hielt die andere Hand, die in einem großen, flachen, glänzendschwarzen Pelzmuff steckte, vor den Mund und trat dem gebückt dahinschreitenden Sokolowitsch unvermittelt in den Weg. Er musterte sie mit scharfem Blick und rief sogleich eine an der Ecke stehende Nachtdroschke herbei. Nachdem dieses seltsame Paar in der niedrigen

Kutsche Platz genommen hatte, fuhr es zunächst über den Newski, dann über den Platz, vorbei an der leuchtenden Uhr des Nikolaj-Bahnhofs, der schon dunkel war und seine sämtlichen Züge in Rußlands verschneite, waldige Tiefe hinausgeschickt hatte, vorbei an dem scheußlichen dicken Pferd, das für immer, in Regen oder Nebel, seinen großen Kopf neigt und seinen beleibten Reiter bittet, die Zügel lockerer zu lassen, dann über die Gontscharnaja-Straße – und weiter durch neblige Straßen und Gassen in die geheimnisvollen, entlegenen Winkel der nächtlichen Randbezirke der Hauptstadt.

Während der Fahrt rauchte Sokolowitsch schweigend. Die Korolkowa, der das Schweigen offenbar unangenehm war, bemerkte, ihrer Meinung nach seien die Papirossy der Marke *Golenischtschew-Kutusow* besser als die der Marke *Siren*. Dieser Versuch, eine einfache, quasi freundschaftliche Unterhaltung anzuknüpfen, die mit dem Zweck der Fahrt nichts zu tun hatte, war hilflos und rührend; doch Sokolowitsch schwieg die ganze Zeit hindurch. Daraufhin verlangte sie, er solle im voraus bezahlen, und fügte mit gespielter Forschheit hinzu, die ganze Nacht sei sie nur für einen guten Preis zu haben. Schweigend zog er zwei Silberrubel heraus und reichte sie ihr. Sie nahm sie, prüfte den einen mit den Zähnen auf Echtheit, befand ihn für falsch, schob ihn in ihren Muff mit den Worten, der zähle nicht, den würde sie nur so, als Erinnerung behalten, weil jetzt Krieg sei und Silber selten und verboten, und verlangte noch mehr. Sokolowitsch zögerte eine ganze Weile und gab ihr noch einen Rubel. Da unternahm sie einen neuen Versuch, Frau zu sein: Sie schauderte plötzlich und machte eine Bewegung, als wolle sie sich an ihn schmiegen. Der Schauder war geheuchelt, aber das Gefühl, das sie plötzlich erfaßt hatte, war vermutlich ungeheuchelt: Sie fühlte sich einfach hingezogen zu ihm, der so groß und stark und aus einem Guß war in seiner Häßlichkeit und seiner unerbittlichen Düsternis. Er aber ging gar nicht auf ihre Bewegung ein.

Sie waren weit gefahren. Die Korolkowa ließ den Droschkenkutscher vor einem zweistöckigen Backsteinhaus mit dem Aushängeschild *Fremdenzimmer Belgrad* anhalten. Es war schon Viertel vor zwei, der Ort war verlassen.

In der ersten Etage des *Belgrad*, zu der Sokolowitsch und die Korolkowa über einen ausgetretenen Läufer hinaufstiegen, wurden die Gäste im Halbdunkel des Korridors von dem Hoteldiener Njantschuk begrüßt, der auf einem schmalen, hölzernen Kanapee schlief, unter einem zerschlissenen Wintermantel mit abgewetztem Lammfellkragen. Sokolowitschs Größe, seine grimmige, angespannte Miene und sein schütterer, nebelfeuchter amerikanischer Bart hatten den Diener aus dem Schlaf geschreckt. Er erhob sich und fragte mürrisch:

»Was wollen Sie?«

»Als ob du das nicht wüßtest, du Tölpel«, murmelte Sokolowitsch zwischen den Zähnen, während er überheblich an ihm vorüberging und ihm ein silbernes Fünfzigkopekenstück in die Hand drückte.

Njantschuk wollte zunächst beleidigt tun und sagen: »Von so jemandem muß ich mir gar nichts sagen lassen«, doch er spürte die Münze in der Hand, erkannte die Korolkowa, die im Vorbeigehen sagte: »Hast mich nicht erkannt, das bringt mir Glück!«, und runzelte bloß die Stirn. Er brummte mißmutig, sie hätten auch so schon tagtäglich Ärger mit der Polizei, ging an Sokolowitsch vorbei, zündete ein Streichholz an, öffnete die Tür zu einem undefinierbar und irgendwie süßlich riechenden, stickigen und sehr warmen Zimmer, in dem die eine Hälfte des Fensters schräg von der Seite her durch das Dach eines Gebäudes im Hof versperrt war. Draußen, vor den dunklen Fensterscheiben, waren dumpfe Stimmen und der Lärm einer

Maschine zu hören, und wie in der Hölle loderte die blutrote Flamme einer riesigen Fackel.

»Was ist das?« fragte Sokolowitsch barsch, ja beunruhigt und blieb stehen.

»Nachtarbeiten, Aborträumung«, brummte Njantschuk in seinen Bart, immer noch beleidigt, und nachdem er auf dem Spiegeltisch zwei Kerzen in roten Tropfschälchen angezündet und den weißen Kalikovorhang heruntergelassen hatte, erkundigte er sich, was die Gäste wünschten.

Sokolowitsch bestellte Kwass und setzte mit einem seltsamen Lächeln hinzu:

»Und für das Fräulein Obst.«

»Obst gibt es nicht«, antwortete Njantschuk. »Weintrauben gibt es. Anderthalb Rubel die Portion.«

»Ausgezeichnet«, sagte Sokolowitsch. »Bring Weintrauben.«

Die Korolkowa fühlte sich von dieser Behandlung offensichtlich geschmeichelt. Im Bemühen, sich tatsächlich aufzuführen wie ein Fräulein, dem man Obst kredenzt, sah sie sich im Zimmer um, trat von einem durchfrorenen Fuß auf den anderen, blies in ihren Muff und bemerkte kapriziös:

»Huch, kalt ist es hier!«

Kurz darauf brachte Njantschuk auf einem großen

Blechtablett Weintrauben und zwei entkorkte, schäumende Flaschen, und Sokolowitsch schloß hinter ihm sofort die Tür ab. Als Njantschuk das Zimmer verließ, stand die Korolkowa am Tisch, blies noch immer in ihren Muff und zupfte die mit Sägemehl überstäubten, harten, grünen Weintrauben ab, während ihr unheimlicher Gefährte mit seinem gelben Kragen und dem frisch rasierten Mund in der Ecke den Mantel auszog und den langen Schal aus grober lila Wolle aufknotete. Danach war das Zimmer, vor dessen Fenster die unheilverkündende Flamme loderte und die heimliche, nächtliche Arbeit dumpf lärmte, in Geheimnis gehüllt.

Um vier Uhr schrillte im Korridor die Klingel. Njantschuk erwachte, schwang seine in Steg-Unterhosen und Filzschuhen steckenden Beine vom Kanapee herunter und ging zum Klingelkasten. Dort war die Ziffer Drei herausgesprungen. Durch die Tür von Nummer drei verlangte eine Frauenstimme nach zehn Papirossy der Marke *Zephir*. Als er mit den Papirossy aus der Anrichte zurückkehrte, verwechselte der verschlafene Njantschuk die Nummer des Zimmers, zu dem er sie bringen sollte, und klopfte bei Zimmer acht, das er Sokolowitsch gegeben hatte. Eine barsche, tiefe Baßstimme fragte langsam durch die Tür:

»Was gibt es?«

»Ihr Fräulein hat Papirossy verlangt«, sagte Najantschuk.

»Mein Fräulein hat keine Papirossy verlangt und hätte *auf gar keinen Fall* welche verlangen *können*«, erwiderte der Baß schulmeisterlich.

Woraufhin Njantschuk, nachdem ihm wieder eingefallen war, für wen die Schachtel bestimmt war, und er sie einer fülligen weiblichen Hand überreicht hatte, die sich ihm aus der einen Spaltbreit geöffneten Tür von Nummer drei entgegenreckte, sich wieder auf seinen Platz legte und zum gleichmäßigen Ticken der Uhr am Ende des Korridors in der dämmrigen, stillen Herberge fest einschlief.

Erst gegen sieben Uhr erwachte er wieder: Über ihm stand in voller Lebensgröße und mit Mantel und Schirmmütze der Gast aus Nummer acht und rüttelte ihn an der Schulter.

»Hier, für das Zimmer und für deine Mühe«, sagte er. »Laß mich raus. Ich muß zur Fabrik, und das Fräulein will um neun geweckt werden.«

»Und für die Weintrauben?« fragte Njantschuk prompt und besorgt.

»Ich habe alles zusammengezählt«, sagte Sokolowitsch. »Meiner Meinung nach sind es vier siebzig. Und ich gebe dir fünf fünfzig. Verstanden?«

Gelassen wandte er sich zur Treppe.

Njantschuk, die übernächtigten Augen halb geschlossen, rückte seinen Mantel zurecht, den er nachlässig über die Schulter geworfen hatte, ging wieder an Sokolowitsch vorbei und stapfte die Treppenstufen hinunter. Sokolowitsch wartete geduldig, bis Njantschuk in dem schwergängigen Türschloß mit dem Schlüssel zurechtkam. Endlich öffnete sich die Tür. Sokolowitsch ging an Njantschuk vorbei, stellte den Kragen hoch, bedeckte wie ein Opernsänger, der sich zu erkälten fürchtet, den Hals mit einer Hand, murmelte mit tiefer Stimme: »Auf Wiedersehen!« in seinen Bart und trat hinaus auf die Straße, in die feuchte, frische Luft. Es war noch vollkommen dunkel und still, doch in der Dunkelheit und Stille spürte man bereits den nahen Morgen. Über der ganzen Weite ringsum, über der ganzen gigantischen Brutstätte der noch schweigenden Hauptstadt hing das dumpfe, ferne Gedröhne der Betriebe und Fabriken, die das unermeßlich große arbeitende Volk aus all seinen elenden Behausungen, aus all seinen Kellern und Spelunken riefen. Eine Laterne stand mit ihrem schwarzen Schatten gegenüber der Herberge und beleuchtete einen Teil des Pflasters und der Straße. Der Nebel hatte sich verzogen, in der Nacht war leichter Schnee gefallen, ein Holzstapel, der über dem Zaun hinter der Laterne aufragte, schimmerte trübselig weiß gegen die Schwärze der Nacht. Sokolowitsch wandte sich nach rechts und verschwand in der Ferne. Zitternd vor Kälte schlug Njantschuk die Tür wieder zu und lief über die Treppe zurück nach oben.

Sich noch einmal hinzulegen hatte keinen Sinn mehr. Er suchte unter dem Kanapee nach seinen Schuhen – und sah plötzlich mit Grauen, daß die Tür von Nummer acht einen Spaltbreit offenstand und dahinter Licht brannte. Er sprang auf und stürzte hinüber: In dem Zimmer war es so entsetzlich still, wie es niemals ist, wenn sich jemand, und sei es auch nur ein Schlafender, darin befindet, die heruntergebrannten Kerzen knisterten in den geborstenen Tropfschälchen, Schatten huschten durch das Halbdunkel, und auf dem Bett staken die kurzen, nackten Beine der rücklings liegenden Frau unter der Decke hervor. Ihr Kopf war mit zwei Kissen hinuntergedrückt.

Changs Träume

Ist es nicht einerlei, über wen man erzählt? Dies verdient ein jeder, der auf Erden lebt und gelebt hat.

Einst hatte Chang die Welt kennengelernt und den Kapitän, seinen Herrn, mit dem seine irdische Existenz verbunden war. Und seit jener Zeit waren schon sechs Jahre vergangen, verronnen wie der Sand im Stundenglas auf einem Schiff.

Wieder war es Nacht – Traum oder Wirklichkeit? –, und wieder bricht der Morgen an – Wirklichkeit oder Traum? Chang ist alt, Chang ist ein Trinker – er döst nur noch vor sich hin.

Draußen, in der Stadt Odessa, ist Winter. Es herrscht garstiges, düsteres Wetter, viel schlimmer als damals in China, als Chang und der Kapitän einander begegneten.

Feine, spitzige Schneeflocken stieben schräg über den vereisten, spiegelglatten Asphalt der verlassenen Strandpromenade und schneiden jedem Juden schmerzhaft ins Gesicht, der, die Hände in den Taschen vergraben, den Rücken gebeugt, auf unsicheren Beinen bald nach rechts, bald nach links läuft. Jenseits des ebenfalls verlassenen Hafens, jenseits der schneedunstigen Bucht sieht man die Konturen der kahlen Steppenufer. Die Mole ist ganz in einen dichten grauen Dunstschleier gehüllt: Das Meer rollt von morgens bis abends mit seinem schäumenden Leib darüber hinweg. Der Wind pfeift sirrend in den Telefondrähten …

An solchen Tagen beginnt das Leben in der Stadt nicht früh. Auch Chang und der Kapitän erwachen nicht früh. Sechs Jahre – ist das viel oder wenig? In diesen sechs Jahren sind Chang und der Kapitän zu Greisen geworden, obgleich der Kapitän noch nicht einmal vierzig ist, und ihr Schicksal hat eine grausame Wende genommen. Zur See fahren sie nicht mehr, sie leben »an Land«, wie die Seeleute sagen, und nicht mehr dort, wo sie früher wohnten, sondern in einer engen, recht düsteren Straße, in der Dachkammer eines vierstöckigen Hauses, das nach Steinkohle riecht und von Juden bewohnt ist, von solchen, die erst gegen Abend zur Familie nach Hause kommen und mit dem Hut im Nacken zu Abend essen. Die Decke bei Chang und dem Kapitän ist niedrig, das Zimmer groß und kalt. Außerdem ist es stets dämmrig: Die beiden in die Dachschräge eingelassenen Fenster sind klein und rund und erinnern an Schiffsluken. Zwischen den Fenstern steht eine Art Kommode, und an der Wand zur Linken ein altes eisernes Bett. Das ist die ganze Einrichtung dieser tristen Behausung, wenn man den Kamin nicht einrechnet, aus dem immer ein kühler Luftzug bläst.

Chang schläft in einem Winkel hinter dem Kamin, der Kapitän auf dem Bett. Wie dieses beinahe bis zum Fußboden durchgelegene Bett und die Matratze darauf aussehen, kann sich jeder leicht vorstellen, der schon einmal in einer Dachkammer gewohnt hat, und das schmuddelige Kissen ist so dünn, daß der Kapitän seine Jacke darunterlegen muß. Aber der Kapitän schläft auf diesem Bett sehr ruhig, er liegt auf dem Rücken, mit geschlossenen Augen und grauem Gesicht, reglos wie ein Toter. Was für ein wunderbares Bett er früher hatte! Ein anständiges, mit einem hohen Gestell und Bettkästen, mit einer tiefen, gemütlichen Auflage, zarten, glatten Bettlaken und kühlenden, schneeweißen Kissen! Aber auch damals, selbst bei hohem Wellengang, schlief der Kapitän nicht so fest wie heute: Den Tag über ermüdet er stark, und worüber soll er sich jetzt Sorgen machen, was kann er verschlafen, und womit kann ihn der neue Tag erfreuen? Es gab einst zwei einander beständig abwechselnde Wahrheiten auf der Welt: Die eine lautete, daß das Leben unsäglich schön, und die andere, daß das Leben nur für Verrückte denkbar ist. Jetzt behauptet der Kapitän, daß es nur eine einzige Wahrheit gab, gibt und in alle Ewigkeit geben wird, die letzte, die Wahrheit des Juden Hiob, die Wahrheit des Weisen aus einem unbekannten Stamm, des Ekklesiastes. Häufig sagt der Kapitän nun, wenn er in einer Schenke sitzt: »Erinnere dich, Mensch, aus deiner Jugend an jene schweren Tage und Jahre, von denen du sagen wirst: Sie gefallen mir nicht!« – Dennoch gibt es weiterhin Tage und Nächte, und wieder war es Nacht, und wieder bricht der Morgen an. Der Kapitän und Chang erwachen.

Mit dem Erwachen ändert der Kapitän seine Haltung indes nicht und öffnet nicht die Augen. Was er in diesem Moment denkt, weiß nicht einmal Chang, der am Boden neben dem ungeheizten Kamin liegt, aus dem es die ganze Nacht über nach Meereskühle gerochen hat. Chang weiß nur eines: daß der Kapitän mindestens eine Stunde so liegenbleiben wird. Chang wirft aus den Augenwinkeln einen Blick auf den Kapitän, schließt die Lider und döst wieder ein. Auch Chang ist ein Trinker, auch er ist am Morgen benommen und schwach und nimmt die Welt mit dem matten Widerwillen wahr, der all denen wohlbekannt ist, die bei Schiffsreisen an der Seekrankheit leiden. Und deshalb hat Chang, als er zu dieser Morgenstunde wieder zu dösen beginnt, einen bedrückenden, traurigen Traum …

Er träumt:

Ein alter Chinese mit zusammengekniffenen Augen kam an Bord eines Dampfers, hockte sich auf das Deck und bat in kläglichem Ton jeden, der vorüberkam, ihm den Flechtkorb mit fauligen Fischen abzukaufen, den er mitgebracht hatte. Es war ein staubiger, kalter Tag auf einem breiten chinesischen Fluß. In dem Boot mit Schilfgrassegel, das auf dem trüben Wasser schaukelte, saß ein Welpe – ein rothaariger kleiner Hund, der etwas Füchsisches, Wölfisches an sich hatte, mit dichtem, drahtigem Fell um den Hals –, ließ seine schwarzen Augen streng und klug über die hohe eiserne Schiffswand schweifen und hielt die Ohren gespitzt.

»Verkauf besser den Hund!« rief der junge Schiffskapitän, der müßig auf seiner Brücke stand, dem Chinesen zu, fröhlich und so laut, als hätte er es mit einem Tauben zu tun.

Der Chinese, Changs erster Herr, hob den Blick, verblüfft von dem Vorschlag und vor Freude, verbeugte sich und nuschelte: »Ve'y good dog, ve'y good!« Der Hund wurde gekauft – für nur einen Silberrubel – und Chang genannt, und er reiste noch am selben Tag mit seinem neuen Herrn nach Rußland ab und quälte sich zu Anfang ganze drei Wochen lang so sehr mit der Seekrankheit, war so benommen, daß er nichts sah: nicht den Ozean, nicht Singapur, nicht Colombo …

In China hatte der Herbst begonnen, es herrschte widriges Wetter. Chang wurde übel, kaum daß sie die Flußmündung erreichten. Regen und Dunkelheit trieben ihnen entgegen, Schaumkronen blitzten auf dem Wasser, die graugrüne Dünung schwankte, wogte und wallte, heftig und aufgewühlt, die flachen Ufer traten auseinander, verloren sich im Nebel – und ringsum war immer mehr und mehr Wasser. Chang mit seinem vom Regen silbrigen Fell und der Kapitän in seinem wetterfesten Mantel mit hochgestülpter Kapuze waren auf der Brücke, deren Höhe jetzt noch stärker wahrnehmbar war als vorher. Der Kapitän gab Kommandos, und Chang zitterte und drehte seine Schnauze zur windabgewandten Seite. Das Wasser dehnte sich immer weiter aus, umfaßte allmählich die trüben Horizonte und verschwamm mit dem diesigen Himmel. Der Wind entriß der tosenden Dünung

Schaumfetzen, kam von überall her, pfiff in den Rahen, klatschte dumpf mit den Gurten der Persenninge, während die Matrosen, in eisenbeschlagenen Stiefeln und nassen Umhängen, sie losbanden, festhielten und aufrollten. Der Wind suchte nach der Stelle, wo er am kräftigsten zuschlagen konnte, und sobald der Dampfer, sich ihm langsam entgegenneigend, stärker nach rechts hielt, hob er ihn auf einer so großen, brausenden Woge hoch, daß er sich nicht halten konnte, vom Wogenkamm hinabstürzte, in die Gischt tauchte und im Kartenraum mit Geklirr eine Kaffeetasse zu Boden flog, die der Steward auf dem kleinen Tisch vergessen hatte ... Und von dem Moment an ging es richtig los!

In den folgenden Tagen gab es von allem etwas: Bald brannte die Sonne wie ein Feuerball vom strahlenden Azurblau herunter, bald türmten sich Wolkengebirge und wälzten sich unter bedrohlichem Donnern über den Himmel, bald stürzten heftige Wolkenbrüche auf den Dampfer und das Meer herab; und dabei schlingerte und schwankte es ununterbrochen, selbst wenn sie anlegten. Am Schluß hatte der geplagte Chang während der ganzen drei Wochen seinen Winkel in dem heißen, dämmrigen Korridor zwischen den leeren Kajüten der zweiten Klasse, auf dem Achterdeck, neben der hohen Türschwelle zum Deck, die sich nur einmal am Tag öffnete, wenn der Laufbursche des Kapitäns Chang sein Futter brachte, kein einziges Mal verlassen. Und von der ganzen Reise zum Roten Meer blieben Chang nur das schwere Knarren der Schotten, die Übelkeit und das Stocken seines Herzens ins Erinnerung, das bald mit dem vibrierenden Schiffsheck in den Abgrund sauste, dann wieder emporstieg zum Himmel, sowie das stechende, tödliche Grauen, wenn über diesem hoch erhobenen und plötzlich wieder zur Seite kippenden Heck mit der in der Luft dröhnenden Schiffsschraube unter Geschützdonner ein ganzer Wasserberg zerschellte, das Tageslicht in den Bullaugen verdunkelte und dann in trüben Strömen an deren dicken Scheiben herunterrann. Der kranke Chang vernahm entfernte Kommandoschreie, das schrille Pfeifen des Bootsmanns, das Trappeln von Matrosenfüßen irgendwo über seinem Kopf, er hörte das Klatschen und Rauschen des Wassers, erkannte mit halbgeschlossenen Augen den dämmrigen Korridor, der von Bastsäcken mit Tee vollgestellt war – und er war außer sich, trunken vor Übelkeit, Hitze und dem kräftigen Geruch nach Tee …

Aber hier bricht Changs Traum ab.

Chang zuckt zusammen und öffnet die Augen: Da hat keine Welle mit Geschützdonner aufs Heck

geschlagen – da hat irgendwo unten jemand mit
Schwung eine Tür zugeknallt. Woraufhin der Kapitän
laut abhustet und sich langsam von seiner durchgelegenen Bettstatt erhebt. Er streift seine ramponierten Schuhe über die Füße und schnürt sie zu, nimmt
die schwarze Jacke mit den Goldknöpfen unter dem
Kopfkissen hervor, zieht sie an und geht in Richtung
Kamin, während Chang mit seinem fuchsroten, abgeschabten Fell sich mit einem unzufriedenen, winselnden Gähnen vom Boden erhebt. Auf der Kommode
steht eine angebrochene Flasche Wodka. Der Kapitän
trinkt direkt aus der Flasche, geht schnaufend und in
seinen Schnurrbart prustend hinüber zum Kamin und
gießt auch für Chang Wodka in die Untertasse neben
dem Kamin. Gierig fängt Chang an zu schlabbern.
Der Kapitän aber zündet sich eine Zigarette an und
legt sich wieder hin – er wartet, bis es Tag geworden
ist. Schon hört man das entfernte Rattern der Straßenbahn, schon dringt von weit unten, von der Straße her
das ununterbrochene Hufgetrappel auf dem Pflaster,
aber es ist noch zu früh, um hinauszugehen. Der Kapitän liegt da und raucht. Als Chang den Wodka aufgeleckt hat, legt auch er sich hin. Er springt aufs Bett,
rollt sich zu Füßen des Kapitäns zu einem Knäuel zusammen und gleitet langsam in jenen seligen Zustand

hinüber, den der Wodka immer hervorruft. Seine halbgeschlossenen Augen trüben sich, er wirft einen matten Blick auf seinen Herrn und denkt mit einem Gefühl zunehmender Zärtlichkeit für ihn etwas, was man mit menschlichen Worten so ausdrücken könnte: »Ach, du Dummer, du Dummer! Es gibt nur eine Wahrheit auf der Welt, und wenn du wüßtest, was für eine wunderbare Wahrheit das ist!« Und wieder erscheint Chang halb im Traum, halb in der Erinnerung jener ferne Morgen, als der Dampfer nach dem strapaziösen, unruhigen Ozean, mit dem Kapitän und Chang aus China kommend, ins Rote Meer einlief …

Er träumt:

Als sie Perim passierten, wurde das Schlingern des Dampfers zu einer sanften, fast wiegenden Bewegung, und Chang fiel in süßen, tiefen Schlaf. Plötzlich erwachte er. Als er wach war, wunderte er sich über die Maßen: Ringsum war alles still, das Heck vibrierte gleichmäßig und ohne auf und ab zu schwanken, das Wasser rauschte ruhig außen an der Schiffswand vorbei, der warme Küchengeruch, der unter der Tür zum Deck hereinzog, war verführerisch … Chang setzte sich auf und spähte in die leere Messe: Dort in der Dämmerung leuchtete sanft etwas Golden-Violettes, etwas mit bloßem Auge kaum zu Erfassendes, aber höchst Erfreuliches – dort waren die rückwärtigen Bullaugen geöffnet in die sonnige, hellblaue Leere, in die Weite, in die Luft, und über die niedrige Decke rieselten, flossen, schlängelten sich in einem fort spiegelnde Rinnsale ... Und Chang geschah das, was in jenen Zeiten auch seinem Herrn, dem Kapitän, verschiedentlich geschah: Er begriff plötzlich, daß es auf der Welt nicht eine einzige Wahrheit gibt, sondern deren zwei – die eine, daß es entsetzlich ist, auf der Welt zu leben und zur See zu fahren, die andere aber ... Doch Chang kam nicht dazu, seinen Gedanken über die zweite Wahrheit zu Ende zu denken: In der sich unverhofft öffnenden Tür erblickte er die Schiffstreppe zum Spardeck, den schwarzen, glänzenden Koloß des Schiffsschornsteins, den klaren Himmel dieses Sommermorgens und den Kapitän, der rasch hinter der Treppe hervor aus dem Maschinenraum kam, gewaschen und rasiert, frisch nach Eau de Cologne duftend, mit nach deutscher Art hochgezwirbeltem, rotblondem Schnurrbart, einen strahlenden Blick in den wachsamen hellen Augen, in strammer Haltung und ganz schneeweiß. Als er das alles sah, sprang Chang so freudig auf den Kapitän zu, daß der ihn im Flug auffing, auf den Kopf küßte, sich umdrehte und mit ihm auf dem Arm in drei Sätzen auf das Spardeck sprang, dann auf das Oberdeck und von dort aus noch höher, auf die Brücke, wo es ihm an der Mündung des großen chinesischen Flusses so schrecklich ergangen war.

Auf der Brücke ging der Kapitän ins Steuerhaus, und Chang, am Boden zurückgelassen, saß eine Weile da, seinen Fuchsschwanz steif auf den glatten Planken ausgebreitet. Von hinten war es sehr heiß und hell von der niedrigstehenden Sonne. Heiß mußte es wohl auch in Arabien sein, das rechter Hand mit seiner goldenen Küste und seinen schwarzbraunen Bergen vorüberglitt, mit den Gipfeln, die Bergen auf einem toten Planeten glichen, ebenfalls über und über mit trockenem Gold bestäubt – mit seiner ganzen sandig-gebirgigen Wüste, die so ungewöhnlich klar zu erkennen war, daß man meinte, hinüberspringen zu können. Oben aber, auf der Brücke, spürte man noch den Morgen und einen Hauch von Kühle, munter marschierte der Gehilfe des Kapitäns hin und her – ebender, der Chang später so oft zum Wahnsinn trieb, weil er ihm in die Nase blies –, in weißer Kleidung, mit weißem Helm und einer scheußlichen schwarzen Brille, und blickte immerzu auf die endlos lange Spitze des Vordermastes, über der sich wie eine weiße Straußenfeder ein feines Wölkchen kräuselte … Dann rief der Kapitän aus dem Steuerhaus: »Chang! Kaffee trinken!« Daraufhin sprang Chang sofort auf, lief um das Steuerhaus herum und machte einen geschickten Satz über die Schwelle aus Kupferblech. Drinnen war es noch besser als auf der Brücke: Dort stand ein breites, an der Wand befestigtes Ledersofa, darüber hingen blitzende Gegenstände mit Glas und Zeigern, die aussahen wie runde Wanduhren, und auf dem Boden stand eine Schüssel mit einer dünnen Suppe aus süßer Milch und Brot. Chang begann gierig zu schlabbern, und der Kapitän ging an die Arbeit: Er entfaltete auf einem Stehtisch, der unter dem Fenster gegenüber dem Sofa angebracht war, eine große Seekarte, legte ein Lineal an und zog energisch mit roter Tinte einen langen Strich. Chang hatte die Suppe aufgeschleckt, sprang, noch Milch in den Barthaaren, auf den Tisch und setzte sich direkt ans Fenster, durch das der blau leuchtende Umschlagkragen an dem weiten Hemd des Matrosen zu sehen war, der mit dem Rücken zum Fenster vor einem Rad mit Hörnern stand. Da sagte der Kapitän, der, wie sich später herausstellte, sehr gerne redete, wenn er mit Chang alleine war, zu Chang:

»Siehst du, mein Freund, das also ist das Rote Meer. Wir beide müssen es mit Bedacht durchqueren – sieh bloß, wie bunt es ist –, ich muß dich unversehrt nach Odessa befördern, denn dort weiß man bereits von deiner Existenz. Ich habe mich schon verplappert gegenüber einer äußerst kapriziösen jungen Dame, habe geprahlt, wie lieb du bist, und zwar über so ein langes Kabel, weißt du, das schlaue Menschen auf dem Grund aller Meere und Ozeane verlegt haben ... Ich bin trotz allem ein furchtbar glücklicher Mensch, Chang, so glücklich, daß du es dir nicht einmal vorstellen kannst, daher will ich auf gar keinen Fall auf einem dieser Riffe auflaufen und mich bei meiner ersten großen Fahrt bis auf die Knochen blamieren ...«

Bei diesen Worten warf der Kapitän Chang plötzlich einen strengen Blick zu und versetzte ihm eine Ohrfeige.

»Pfoten weg!« rief er herrisch. »Wage es ja nicht, staatliches Eigentum anzurühren!«

Chang schüttelte den Kopf, knurrte und kniff die Augen zusammen. Es war die erste Ohrfeige, die er je bekommen hatte, er war beleidigt, und wieder schien es ihm abscheulich, auf der Welt zu leben und mit einem Schiff zu fahren. Er wandte sich ab, verengte seine blaßgelben Augen zu dunklen Schlitzen und fletschte leise knurrend seine Wolfszähne. Doch der Kapitän beachtete sein Schmollen nicht. Er steckte sich eine Papirossa an, kehrte zum Sofa zurück, zog eine goldene Uhr aus der Seitentasche seiner Piqué-Jacke, hob mit seinem kräftigen Fingernagel den Deckel an, betrachtete etwas Glänzendes, sehr Lebhaftes, Hastiges, das in der Uhr lief und laut flüsterte, und begann wieder, ganz freundlich zu erzählen. Wieder erklärte er Chang, er werde ihn nach Odessa bringen, in die Jelisawetinskaja-Straße, sagte, daß er, also der Kapitän, auf der Jelisawetinskaja-Straße erstens eine Wohnung habe, zweitens eine schöne Frau und drittens eine wunderbare Tochter, und daß er, der Kapitän, trotz allem ein sehr glücklicher Mensch sei.

»Trotz allem, Chang, bin ich glücklich!« sagte der Kapitän und fügte dann hinzu:

»Meine Tochter, Chang, ist ein ausgelassenes, neugieriges, eigensinniges Mädchen – es wird dir bisweilen schlecht ergehen, vor allem deinem Schwanz! Aber wenn du wüßtest, Chang, was für ein reizendes Wesen sie ist! Ich liebe sie so sehr, mein Freund, daß mir meine Liebe nicht geheuer ist: Für mich ist die ganze Welt nur in ihr – nun, sagen wir, fast in ihr –, aber gehört sich das vielleicht? Und überhaupt, darf man jemanden so sehr lieben?« fragte er. »Waren vielleicht euer Buddha und all die anderen dümmer als wir beide? Höre nur, was sie über diese Liebe zur

Welt und überhaupt zu allem Leiblichen sagen – vom Sonnenlicht und den Wellen, von der Luft bis zu den Frauen, Kindern und dem Duft der weißen Akazie! Oder: Weißt du, was das Tao ist, das auch ihr Chinesen euch ausgedacht habt? Ich weiß es selbst nicht so recht, keiner weiß es so recht, Bruder – aber inwieweit kann man es überhaupt verstehen, was ist es denn eigentlich? Die Urmaterie ist die Stammutter, sie gebiert und verschlingt und gebiert durch das Verschlingen von neuem alles Seiende auf der Welt, anders ausgedrückt – das ist der Weg alles Seienden, dem sich nichts Seiendes widersetzen darf. Und doch widersetzen wir uns ihm beständig, wollen beständig nicht nur die Seele der geliebten Frau, sondern die ganze Welt nach unserem Gusto ändern! Unheimlich ist es, auf der Welt zu leben, Chang«, sagte der Kapitän, »sehr schön, aber unheimlich, und besonders für jemanden wie mich! Allzu begierig bin ich auf Glück und allzu oft bin ich unsicher: Ist dieser Weg dunkel und böse, oder ist er das Gegenteil davon?«

Und nach einer Weile setzte er hinzu:

»Was ist denn die Hauptsache? Wenn du jemanden liebst, kann dich niemand, und mag er sich noch so anstrengen, glauben machen, daß derjenige, den du liebst, dich nicht lieben könnte. Und genau da, Chang, liegt der Hund begraben. Aber wie großartig das Leben ist, mein Gott, wie großartig!«

Das Schiff, von der schon hoch am Himmel stehenden Sonne aufgeheizt und im Fahren sachte vibrierend, durchpflügte unaufhaltsam das in der unermeßlichen, drückendheißen, luftigen Weite windstille Rote Meer. Die lichte Leere des tropischen Himmels blickte durch die Tür ins Steuerhaus. Es ging auf Mittag zu, die kupferne Türschwelle brannte nur so in der Sonne. Immer gemächlicher schwappten die glasigen Wogen an der Schiffswand vorüber, sie glitzerten in blendendem Glanz und erhellten das Steuerhaus. Chang saß auf dem Sofa und hörte dem Kapitän zu. Der Kapitän streichelte Chang den Kopf und stieß ihn dann auf den Boden hinunter – »Nein, mein Freund, es ist zu heiß!« sagte er –, doch dieses Mal war Chang nicht beleidigt; allzu schön war es, auf der Welt zu sein in dieser fröhlichen Mittagsstunde. Und danach …

Aber an der Stelle wird Changs Traum wieder unterbrochen.

»Chang, gehen wir!« sagt der Kapitän und schwingt seine Beine vom Bett. Und wieder erkennt Chang verwundert, daß er sich nicht auf einem Dampfer im Roten Meer, sondern auf einem Dachboden in Odessa befindet, und daß zwar die Mittagsstunde angebrochen, diese aber keineswegs fröhlich, sondern dunkel, trist und feindselig ist. Und Chang knurrt den Kapitän leise an, weil der ihn gestört hat. Der Kapitän aber beachtet ihn gar nicht, zieht eine alte Uniformmütze an und einen ebensolchen Mantel, versenkt die Hände in den Taschen und geht in gebückter Haltung zur Tür. Wohl oder übel springt auch Chang vom Bett. Der Kapitän steigt schwerfällig und unwirsch die Treppe hinunter, als sei es eine mühsame Pflicht. Chang trippelt ganz flink hinterher: Ihn belebt die noch anhaltende Überreiztheit, mit der der selige Zustand nach dem Wodka stets endet ...

So ziehen Chang und der Kapitän schon seit zwei Jahren tagaus, tagein durch die Gasthäuser. Dort trinken sie und essen und beobachten die anderen Trinker, die neben ihnen trinken und essen, inmitten von Lärm, Tabakqualm und allerlei üblen Gerüchen. Chang liegt auf dem Boden, zu Füßen des Kapitäns. Der Kapitän sitzt da und raucht, er hat nach alter Seemannsgewohnheit die Ellbogen fest auf den Tisch gestemmt und wartet auf die Stunde, wenn es nach einem von ihm selbst erdachten Gesetz Zeit ist, in ein anderes Wirtshaus oder Kaffeehaus weiterzuziehen. Chang und der Kapitän frühstücken an einem

Ort, trinken Kaffee an einem anderen, essen zu Mittag an einem dritten und zu Abend an einem vierten. Für gewöhnlich schweigt der Kapitän. Aber es kommt vor, daß er einen seiner früheren Freunde trifft und sich dann den ganzen Tag in einer Tour über die Jämmerlichkeit des Lebens verbreitet und dazu alle paar Minuten Wein nachschenkt – seinem Gesprächspartner, sich selbst oder Chang, der stets irgendein Gefäß vor sich am Boden stehen hat. So werden sie auch den heutigen Tag verbringen: Zum Frühstück sind sie mit einem alten Bekannten des Kapitäns verabredet, einem Maler mit Zylinder. Das heißt, sie werden zuerst in einer stinkenden Bierstube hocken, unter lauter rotgesichtigen Deutschen – beschränkten, tüchtigen Leuten, die von morgens bis abends arbeiten, mit dem Ziel, versteht sich, zu trinken und zu essen und wieder zu arbeiten und ihresgleichen zu zeugen –, dann werden sie in ein Kaffeehaus voller Griechen und Juden wechseln, deren gesamtes Leben ebenfalls sinnlos ist, aber sehr rastlos, völlig in Anspruch genommen vom ständigen Warten auf Börsengerüchte, um schließlich vom Kaffeehaus in ein Wirtshaus zu gehen, in dem allerlei menschlicher Abschaum zusammenkommt, und dort bis in die späte Nacht sitzen zu bleiben …

Der Wintertag ist kurz, und bei einer Flasche Wein, beim Gespräch mit einem Bekannten ist er noch kürzer. Und schon waren Chang, der Kapitän und der Maler in der Bierstube und im Kaffeehaus und sitzen nun die sechste Stunde im Wirtshaus und trinken. Wieder versichert der Kapitän, die Ellbogen auf den Tisch gestemmt, dem Maler mit Feuereifer, daß es nur eine Wahrheit gebe auf der Welt, und die sei böse und niederträchtig. »Schau dich doch um«, sagt er. »Denk doch nur an all diejenigen, die wir beide tagtäglich in der Bierstube, im Kaffeehaus, auf der Straße sehen! Mein Freund, ich habe den ganzen Erdball gesehen – das Leben ist überall so! All das, wofür die Menschen angeblich leben, ist Lüge und Unsinn: Sie haben weder Gott noch Gewissen, weder ein vernünftiges Lebensziel noch Liebe, weder Freundschaft noch Ehrlichkeit – nicht einmal einfaches Mitgefühl. Das Leben ist ein trister Wintertag in einer schmuddeligen Schenke, mehr nicht ...«

Chang liegt unter dem Tisch und hört sich das alles an, im Nebel des Rauschs, der nicht mehr anregend ist. Ist er einverstanden mit dem Kapitän oder nicht? Darauf gibt es keine eindeutige Antwort, was allein schon heißt, daß es ihm nicht gutgeht. Chang weiß nicht, versteht nicht, ob der Kapitän recht hat;

schließlich sagen wir alle »*ich weiß nicht*« oder »*ich verstehe nicht*« nur dann, wenn wir traurig sind; in freudiger Stimmung ist jedes Lebewesen überzeugt, alles zu wissen, alles zu verstehen ... Plötzlich aber ist es, als dringe Sonnenlicht durch diesen Nebel: Plötzlich pocht ein Taktstock auf das Pult auf der Estrade im Wirtshaus – und eine Geige beginnt zu singen, dann eine zweite, eine dritte ... Sie singen immer leidenschaftlicher, immer wohlklingender – und bald erfüllt eine ganz andere Wehmut, eine ganz andere Traurigkeit Changs Seele. Sie bebt vor unbegreiflichem Entzücken, vor süßer Qual, vor unerklärlicher Sehnsucht – und Chang weiß nicht mehr, ob er träumt oder wach ist. Mit seinem ganzen Wesen gibt er sich der Musik hin, folgt ihr ergeben in eine andere Welt – und sieht sich wieder an der Schwelle dieser wunderbaren Welt, als törichten, zutraulichen Welpen auf dem Dampfer im Roten Meer ...

»Ja, wie war das noch?« träumt oder denkt er. »Ja, ich weiß es wieder: Schön war das Leben an einem heißen Mittag im Roten Meer!« Chang und der Kapitän saßen im Steuerhaus, dann standen sie auf der Brücke ... Ach, wie viel Licht da war, wie viel Glanz, Himmelblau und Azur! Wie wunderbar farbenfroh die weißen, roten und gelben Matrosenhemden waren,

die ihm mit auseinandergespreizten Ärmeln direkt vor der Nase hingen! Dann frühstückten Chang und der Kapitän mit den anderen Seeleuten, die ziegelrote Gesichter, ölig glänzende Augen und eine weiße, verschwitzte Stirn hatten, in der heißen Offiziersmesse der ersten Klasse, unter einem surrenden, aus der Ecke her blasenden elektrischen Ventilator, und machten nach dem Frühstück ein Schläfchen, aßen nach dem Tee zu Mittag, saßen nach dem Mittagessen wieder oben, vor dem Steuerhaus – wo der Steward für den Kapitän einen Segeltuchstuhl hingestellt hatte – und blickten weit übers Meer, in den Sonnenuntergang, der zartgrün durch die verschiedenfarbigen, vielgestaltigen Wolken schimmerte, und auf die weinrote, strahlenlose Sonne, die, als sie den dunstigen Horizont berührte, sich plötzlich zu strecken schien und einer dunkel flammenden Mitra glich ...
In rascher Fahrt glitt der Dampfer ihr hinterher, außenbords blitzten glatte, wie blauviolettes Chagrinleder schillernde Wasserhügel auf, aber die Sonne eilte sich, eilte sich – das Meer schien sie herabzuziehen – und wurde kleiner und kleiner, wurde zu einem länglichen Stück glühender Kohle, erzitterte und erlosch, und sobald sie erloschen war, fiel der Schatten eines Kummers auf die ganze Welt, und der zur Nacht

deutlich aufbrisende Wind blies stärker. Der Kapitän saß barhäuptig, mit im Wind flatternden Haaren, und blickte in die dunkle Flamme des Sonnenuntergangs; sein Gesicht war nachdenklich, stolz und schwermütig, aber man spürte, daß er *trotz allem* glücklich war, daß nicht nur der seinem Willen gehorchende Dampfer, sondern die ganze Welt in seiner Gewalt war, weil in diesem Moment die ganze Welt in seiner Seele war – und auch, weil er da schon nach Wein roch …

Dann aber brach eine schreckliche und großartige Nacht an. Sie war schwarz und unruhig, mit wechselnden Winden und mit einem so grellen Leuchten der um den Dampfer schäumenden, tosenden Wellen, daß Chang, der dem unentwegt rasch über das Deck schreitenden Kapitän hinterherlief, manchmal winselnd von der Reling zurücksprang. Dann nahm der Kapitän Chang wieder auf den Arm, die Wange an sein pochendes Herz gelegt – schlug es doch genauso wie das des Kapitäns! –, ging mit ihm ganz ans Ende des Decks, zum Achterdeck, und stand dort lange in der Dunkelheit, die Chang mit einem wunderbaren und unheimlichen Schauspiel bezauberte: Unter dem hohen, gewaltigen Heck, unter der dumpf dröhnenden Schiffsschraube hervor sprühten mit trockenem

Prasseln Myriaden feurigweißer Nadeln, und bald waren es riesige, hellblaue Sterne, die weggerissen und sogleich fortgetragen wurden auf die schneeweiß funkelnde, vom Dampfer gepflügte Bahn, bald dichte, dunkelblaue Schwaden, die grell zerbarsten und im Zerstieben in den brodelnden Wasserhügeln geheimnisvoll dampften wie blaßgrüner Phosphor. Der Wind kam aus wechselnden Richtungen, kräftig und weich blies er aus der Dunkelheit gegen Changs Schnauze, bauschte und kühlte das dichte Fell an seiner Brust und ließ Chang, der sich eng und vertraut an den Kapitän schmiegte, einen Geruch nach kaltem Schwefel erschnuppern und den aufgewühlten Schoß der Meerestiefen atmen, während das Heck bebte, von einer großen, unsäglich freien Kraft in die Tiefe geworfen und in die Höhe gehoben wurde und Chang schaukelte und schwankte und aufgeregt diese blinde, dunkle, aber hundertfach lebendige, dumpf wogende gähnende Tiefe betrachtete. Und bisweilen warf eine besonders wilde, schwere Welle, die tosend am Heck vorüberrauschte, ein unheimliches Licht auf die Hände und die silbrige Kleidung des Kapitäns ...

In dieser Nacht holte der Kapitän Chang zum ersten Mal in seine große, behagliche, von einer Lampe mit rotem Seidenschirm in weiches Licht getauchte

Kajüte. Auf dem Schreibtisch, dicht neben dem Bett des Kapitäns, standen im Helldunkel der Lampe zwei photographische Portraits: ein hübsches, zorniges kleines Mädchen mit lockigem Haar, das kapriziös und ungezwungen in einem tiefen Sessel saß, sowie eine beinahe in voller Größe abgebildete junge Dame mit einem weißen Spitzensonnenschirm über der Schulter, einem großen Spitzenhut und einem eleganten Frühlingskleid – schlank, feingliedrig, bezaubernd und melancholisch wie eine georgische Königstochter. Während vor dem offenen Fenster die schwarzen Wellen vorbeirauschten, kleidete der Kapitän sich aus und bemerkte:

»Diese Frau, Chang, wird uns beide nicht lieben. Es gibt Frauenseelen, mein Freund, die sich auf ewig in einem traurigen Verlangen nach Liebe verzehren und gerade deswegen niemals und niemanden lieben werden. Es gibt sie – und wie soll man sie für ihre Herzlosigkeit verurteilen, für ihre Verlogenheit, ihre Träume von der Bühne, von einem eigenen Automobil, von Picknicken auf Jachten, von einem Sportsmann, der sich als Engländer ausgibt und seine speckig pomadisierten Haare glattstreicht? Wer kann sie durchschauen? Jedem das Seine, Chang, und befolgen nicht auch sie die geheimsten Gebote des Tao, so wie jede

Meereskreatur, die sich in diesen schwarzen, feurigen, gepanzerten Wellen so frei bewegt, diese befolgt? Ach-ach!« sagte der Kapitän, wobei er sich kopfschüttelnd auf einen Stuhl setzte und die Schnürsenkel seines weißen Schuhs löste. »Was war nur los mit mir, Chang, als ich zum ersten Mal spürte, daß sie mir nicht mehr ganz gehört – in jener Nacht, als sie zum ersten Mal allein den Ball im Jachtklub besuchte und gegen Morgen zurückkehrte wie eine verwelkte Rose, blaß vor Müdigkeit und der noch wachen Erregung, die Augen ganz dunkel und geweitet und fern von mir! Wenn du wüßtest, wie unnachahmlich sie mich hinters Licht führen wollte, mit welch naivem Erstaunen sie fragte: ›Du schläfst noch nicht, du Ärmster?‹ Ich brachte kein Wort heraus, aber sie verstand mich sogleich, verstummte mit einem kurzen Blick auf mich und begann schweigend, sich auszukleiden. Ich wollte sie umbringen, doch sie sagte kühl und gelassen: ›Hilf mir, das Kleid aufzuknöpfen‹ – und ich trat gehorsam näher und begann mit zitternden Händen, Häkchen und Knöpfchen zu lösen, und sobald ich in dem geöffneten Kleid ihren Körper erblickte, ihre Schultern, das Hemdchen, das von den Schultern herabgeglitten und ins Korsett gestopft war, sobald ich den Duft ihrer schwarzen Haare roch und in den beleuchteten Trumeau blickte, der ihre vom Korsett gehobene Brust spiegelte ...«

Der Kapitän sprach nicht weiter und winkte ab.

Er hatte sich ausgekleidet, legte sich hin und löschte das Licht, und Chang kuschelte sich in den Saffianledersessel neben dem Schreibtisch und sah, wie weißfeurige Streifen aufflammten und erloschen und das schwarze Grabtuch des Meeres durchfurchten, sah, wie am schwarzen Horizont unheilverkündende Lichter aufblitzten, sah, wie von dort her mit drohendem Rauschen bisweilen eine schreckliche, lebendige Welle – wie eine Schlange aus dem Märchen, über und über mit Edelsteinaugen besetzt, mit durchscheinenden Smaragden und Saphiren – heranrollte, über die Bordwand hinauswuchs und in die Kajüte spähte, sah, wie der Dampfer diese Welle zurückstieß und gleichmäßig weiterfuhr, inmitten der schweren, schwankenden Massen dieses vorzeitlichen, für uns schon fremden und feindlichen Wesens, das Ozean genannt wird ...

In der Nacht schrie der Kapitän plötzlich auf und erwachte abrupt, erschrocken über seinen Schrei, in dem etwas Beschämendes, Klägliches mitschwang. Er blieb eine Minute lang schweigend liegen, seufzte dann und sagte mit einem spöttischen Lächeln:

»Ja, so ist das! Ein goldener Ring im Rüssel eines Schweins ist eine schöne Frau! Du hattest nur zu recht, Salomo der Weise!«

Er tastete in der Dunkelheit nach der Papirossaschachtel und zündete sich eine an, aber nach zwei Zügen ließ er den Arm sinken und schlief ein, mit der rot glimmenden Papirossa in der Hand. Wieder wurde es still, nur die Wellen glitzerten, wogten und rollten rauschend an der Bordwand vorüber. Das Kreuz des Südens funkelte durch die schwarzen Wolken ...

In dem Moment aber wird Chang plötzlich von einem ohrenbetäubenden Knall aufgeschreckt. Entsetzt springt er hoch. Was ist passiert? Ist der Dampfer durch die Schuld des betrunkenen Kapitäns wieder auf ein Unterwasserriff gelaufen, wie vor drei Jahren schon einmal? Hat der Kapitän wieder mit der Pistole auf seine bezaubernde, melancholische Frau geschossen? Nein, ringsum ist weder Nacht noch Meer und auch kein Wintermittag auf der Jelisawetinskaja-Straße, sondern ein hell erleuchtetes Wirtshaus voller Lärm und Qualm: Der betrunkene Kapitän hat mit der Faust auf den Tisch geschlagen und brüllt den Maler an:

»Unsinn, Unsinn! Ein goldener Ring im Rüssel eines Schweins, das sind die Frauen! *Ich habe mein*

Bett schön geschmückt mit bunten Teppichen aus Ägypten. Komm, laß uns buhlen, denn der Mann ist nicht daheim ... A-ach, die Frauen! *Denn ihr Haus neigt sich zum Tod und ihre Gänge zu den Verlorenen* ... Aber genug, genug, mein Freund. Es wird Zeit, sie schließen – gehen wir!«

Einen Augenblick später sind der Kapitän, Chang und der Maler bereits auf der dunklen Straße, wo das Schneetreiben die Laternen ausbläst. Der Kapitän umarmt den Maler, und sie gehen in verschiedene Richtungen auseinander. Chang, schläfrig und mürrisch, läuft schräg hinter dem rasch ausschreitenden, schwankenden Kapitän hinterher ... Wieder ist ein Tag vorbei – Traum oder Wirklichkeit? – und wieder herrschen Finsternis, Kälte, Erschöpfung ... Nein, nein, der Kapitän hat recht: Das Leben ist giftiger Alkohol, nicht mehr ...

So, gleichförmig, verlaufen Changs Tage und Nächte. Bis plötzlich eines Morgens die Welt wie ein Dampfer in voller Fahrt auf ein unaufmerksamen Augen verborgenes Unterwasserriff aufläuft. An einem Wintermorgen erwacht Chang und bemerkt verblüfft die tiefe Stille, die im Zimmer herrscht. Rasch springt er von seinem Platz auf, stürzt zum Bett des Kapitäns – und sieht den Kapitän mit verkrampft zurückgeworfenem Kopf dort liegen, das Gesicht bleich und starr, die Wimpern halb geöffnet und reglos. Und beim Anblick dieser Wimpern stößt Chang einen so verzweifelten Klageschrei aus, als hätte ihn ein auf dem Boulevard dahinjagendes Automobil erfaßt und überfahren ...

Später dann, als die Zimmertür unentwegt auf- und zuklappt, als die unterschiedlichsten Leute – Hausknechte, Polizisten, der Maler mit dem Zylinder und allerlei andere Herrschaften, mit denen der Kapitän in Wirtshäusern zu sitzen pflegte – laut redend hereinkommen, hinausgehen und wieder hereinkommen, ist Chang wie versteinert ... Ach, wie furchtbar der Kapitän einmal gesagt hat: »An jenem Tag werden die Hüter des Hauses erzittern und finster werden diejenigen, die zum Fenster hereinsehen; und es werden ihnen die Höhen schrecklich sein und die Wege entsetzlich: Denn der Mensch geht fort in sein ewiges Haus, und die Klageweiber sind bereit, um ihn herum zu sein; denn der Krug ist zerbrochen an der Quelle und das Rad über dem Brunnen herabgestürzt ...« Aber jetzt empfindet Chang nicht einmal Entsetzen. Er liegt am Boden, die Schnauze zur Ecke hin, die Augen fest geschlossen, um die Welt nicht zu sehen, um sie zu vergessen. Und die Welt über ihm rauscht dumpf und weit entfernt, wie das Meer rauscht über jemandem, der tiefer und tiefer in seinen Abgrund sinkt.

Als er wieder zu sich kommt, ist er schon am Kirchenaufgang. Er sitzt vor der Kirchentür, mit hängendem Kopf, teilnahmslos, halbtot – nur am ganzen Leibe leicht zitternd. Plötzlich öffnet sich die Kirchentür – und ein wunderschönes, über und über klingendes und singendes Bild bannt Changs Augen und Herz: ein dämmriger gotischer Prunkraum, rote Lichtersterne, ein ganzer Wald tropischer Pflanzen, der erhöht auf einem schwarzen Podest stehende Eichensarg, eine schwarze Menschenmenge, zwei in ihrer marmornen Schönheit und tiefen Trauer wunderschöne Frauen – wie Schwestern verschiedenen Alters –, und über all dem ein Hallen und Schallen, ein Chor von Engeln, die glockenhell von leiderfüllter Freude singen, Feierlichkeit, Erschütterung, Erhabenheit – und alles übertönende, überirdische Lobgesänge. Chang sträubt sich das Fell vor Schmerz und Entzücken angesichts dieser klingenden Erscheinung. Der Maler, der in diesem Moment mit roten Augen aus der Kirche tritt, bleibt verwundert stehen:

»Chang!« sagt er besorgt und neigt sich zu ihm hinunter: »Chang, was ist mit dir?«

Mit zittriger Hand streift er Changs Kopf und neigt sich noch tiefer – und ihre tränenfeuchten Augen begegnen einander mit solcher Zuneigung, daß Changs ganzes Wesen lautlos in die ganze Welt hinausruft: Ach nein, nein – es gibt noch eine Wahrheit, eine, die ich nicht kenne, eine dritte Wahrheit!

Am selben Tag, nach der Rückkehr vom Friedhof, zieht Chang in die Wohnung seines dritten Herrn – wieder hoch oben gelegen, unter dem Dach, aber warm und nach Zigarre duftend, mit Teppichen ausgelegt und altertümlichen Möbeln eingerichtet, mit riesengroßen Bildern und Brokatstoffen an der Wand … Es wird dunkel, im Kamin häuft sich düster und scharlachrot glimmende Kohlenglut, Changs neuer Herr sitzt im Sessel. Er hat bei der Rückkehr nicht einmal Mantel und Zylinder abgelegt, sondern sich gleich mit einer Zigarre in dem tiefen Sessel niedergelassen und blickt schmauchend ins Halbdunkel seines Ateliers. Chang, müde und erschöpft, liegt auf einem Teppich beim Kamin, die Augen geschlossen, die Schnauze auf den Pfoten. Und er träumt:

Jemand liegt jetzt dort, jenseits der dunkelnden Stadt, hinter der Friedhofsmauer, liegt in dem, was man Gruft oder Grab nennt. Aber dieser Jemand ist nicht der Kapitän, nein. Wenn Chang den Kapitän liebt und spürt, ihn sieht mit dem Blick der Erinnerung – jenes Göttlichen in ihm, dessen er selbst sich nicht bewußt ist –, dann bedeutet das, der Kapitän ist noch bei ihm: in jener Welt ohne Anfang und Ende, die dem Tod nicht zugänglich ist. In dieser Welt kann es nur eine Wahrheit geben – die dritte –, und wie sie beschaffen ist, das weiß jener letzte Herr, zu dem Chang schon bald wird heimkehren müssen.

Der Landsmann

Dieser Bursche aus Brjansk war als kleiner Junge vom Lande nach Moskau gekommen und hatte als Laufjunge im *Kaufmanns-Speicher* in der Iljinka-Straße gedient, wo er immer pfeilschnell um heißes Wasser in die Schenken rannte: Er packte den kupfernen Teekessel, sauste durch die Galerien der Alten Handelsreihen und beschrieb dabei mit dunklem Wasserstrahl eine Acht am Boden ... An einem geschäftigen Wintertag etwa, bei leichtem Schneefall, wenn die Iljinka schwarz vor Volk war und Kutschpferde mitten durch die Menge trabten, sprang er, nur im Hemd und ohne Kappe – sein Kopf glich einem roten Igel – vom Gehsteig hinunter auf die Straße und schlitterte auf Fußsohlen über das Eis im Rinnstein ...

Stellen Sie sich nun vor, wie merkwürdig es ist, diesen Burschen in den Tropen zu sehen, am Äquator! Er sitzt in seinem Kontor, in einem altertümlichen Haus holländischer Bauweise. Draußen vor dem Fenster eine heiße, weiße Stadt, nackte schwarze Rikschakulis, Geschäfte mit australischen Waren und mit Edelsteinen, Hotels voller Touristen aus allen Ekken der Welt, im warmen grünen Wasser des Hafens amerikanische und japanische Dampfschiffe, jenseits des Hafens, entlang der niedrigen Küsten, Kokoswälder ... Ganz in Weiß gekleidet, hochgewachsen und kantig, feuerrotes Haar, bläuliche, sommersprossige Haut, blaß, energiegeladen und lebhaft, ja geradezu ausgelassen – vor Gluthitze, vor Nervosität, vor ständiger Betrunkenheit und vor Geschäftigkeit – sieht er aus wie ein Schwede oder ein Engländer. Sein Schreibtisch quillt über von Papieren und Rechnungen. Ringsum herrscht das nüchterne Geklapper von Remingtons. Ein alter Inder, barfüßig, in Mantel und Turban, wechselt mit seinen dunklen, silberberingten schlanken Händen lautlos und flink die Flaschen mit kaltem Sodawasser und meldet mit geheimnisvoller Miene alle Augenblicke Besucher an, wobei er jedem Wort ein »Sir« hinzusetzt. Und der Sir ist ganz vertieft – oder tut so, als sei er vertieft – in das Gespräch mit dem Besuch aus Rußland, dem gegenüber er die Rolle des gastfreundlichen Hausherrn dieser tropischen Insel spielt. Auf dem Tisch stehen aufgeklappt einige Schachteln mit den teuersten Zigarren, mit türkischen, ägyptischen, englischen Papirossy und solchen aus Havanna. Er kennt sich aus mit Tabak –

wie im übrigen mit allem –, bietet bald von diesem, bald von jenem an und bemerkt wie nebenbei: »Dieser hier ist anscheinend nicht übel ...« Wenn man ihm ein Papier reicht, wirft er einen flüchtigen Blick darauf und setzt während des Gesprächs kurz und bündig seine Unterschrift darunter; wenn er sieht, daß ein Besucher hereinkommt, wechselt er den Gesichtsausdruck, beendet mit zwei, drei Sätzen das Schriftstück und greift das unterbrochene Gespräch wieder auf; wenn er eine Depesche entgegennimmt, reißt er sie gewissermaßen besonders achtlos auf und runzelt, während er sie kurz überfliegt, für einen Moment die Stirn: »Was für Idioten!« sagt er dann heftig und verärgert, wirft die Depesche zur Seite und vergißt sie sofort oder tut zumindest so, als ob ... Bei ihm sind alle Idioten. Er hat schon so manchen Besucher verblüfft mit seinem Selbstbewußtsein, seinem scharfen, skeptischen Verstand, seiner Geschäftstüchtigkeit, seiner enormen Lebenserfahrung und seinen unzähligen Bekanntschaften mit Menschen der verschiedensten Klassen und Stellungen. Nennen Sie irgendeine Moskauer Berühmtheit – Kaufleute, Staatsbeamte, Ärzte, Journalisten –, er kennt sie alle, und er kennt den Wert aller und jedes einzelnen sehr gut. Und wie wohlinformiert er ist in Bezug auf allerlei diskrete Geheimnisse, ungewöhnliche Karrieren und dunkle Geschichten!

Der Gast hat schon in Port Said viel über ihn gehört von einem seiner Bekannten, der mit zynischer Heiterkeit erklärte, Sotow sei mit allen Wassern gewaschen: »Ja-a«, sagte der Bekannte und wiegte mit spöttischem, rätselhaftem Lächeln den Kopf, »ein toller Bursche!« An Ort und Stelle nun erfährt der Gast noch mehr, hauptsächlich aus bruchstückhaften Sätzen von Sotow selbst. Sonderbar und unerwartet offenbaren sich Talente in der Rus, und sie bewirken Wunder, wenn das Schicksal es gut mit ihnen meint. Und mit Sotow hatte das Schicksal es ungewöhnlich gut gemeint, als er als Junge nach Moskau gekommen war. Er hatte dort einen Onkel, ein wohlgenährter, kluger Mann, der aus eigener Kraft zu Wohlstand und Selbstbewußtsein gelangt war und es geschickt vermocht hatte, einem bedeutenden Herrn zu Diensten zu sein. Der Onkel arbeitete in den Sandunow-Bädern, und viele von den Herren, die er in heiße, duftende Wolken aus Seifenschaum hüllte, nannten ihn beim Namen und plauderten gerne mit ihm. So auch Netschajew, ein liberaler, gebildeter Krösus, ein großer, beleibter Kaufmann mit goldgerandeter Brille. War es Raffinesse, daß der Onkel, just als er Netschajews rosigen, vom Dampf aufgeweichten Körper mit einem glatten, feinen Badetuch bedeckte, ein gutes Wort für den Neffen einlegte? Der Junge jedenfalls mußte weder Schusterdraht zwirnen noch Kohlebügeleisen aufheizen, sondern er kam in dem dämmrigen, sauberen und ruhigen *Kaufmanns-Speicher* auf der Iljinka unter. Alles Weitere war eine Sache der ihm eigenen Wendigkeit und Begabung. Wie solche Glückspilze und Naturtalente es zu etwas bringen, ist bekannt: Tagsüber ist er als Laufbursche unterwegs, abends hockt er auf eigene Faust und ohne Anleitung bei einem trüben Kerzenstummel über den Büchern und bringt sich Lesen und Schreiben bei; morgens, bevor die Kommis eintreffen, bewältigt er, ohne etwas zu begreifen, aber hartnäckig die Zeitung; und sobald die Kommis: »Heda!« rufen, springt er herbei, ist er sofort zur Stelle und erhascht jedes Wort, jeden Blick ... Mit etwa zwölf Jahren wurde dieser Junge, weil er die besondere Aufmerksamkeit seines Herrn erregt hatte, in dessen Haus aufgenommen, und im achtzehnten Jahr war er bereits in Deutschland, um das Papierhandwerk zu erlernen, wo er nicht schlechter arbeitete als jeder Deutsche: Die Ausländer wollten gar nicht glauben, daß er Russe war. »Auch heute glauben sie es oftmals nicht, die Tölpel!« sagt Sotow abrupt und barsch, wie es seine Art ist, wobei er seine Papirossa wegwirft und sogleich die nächste anzündet … Aber sieht er denn wirklich schon aus wie ein Europäer? überlegt der Gast, wenn er ihn ansieht.

Er ist siebenunddreißig Jahre alt, wirkt aber älter. Ja, äußerlich ist er ganz Engländer, selbst seine Hände, sommersprossig, mit roten Härchen, sind englisch. Aber, so denkt der Gast, würde ein Engländer etwa so erstaunlich viel und so lebhaft reden? Echte englische Hände würden in dem Alter nicht so zittern, erst recht nicht so heftig wie bei Sotow, das Gesicht eines Engländers wäre ohne jeden ersichtlichen Grund nicht so blaß, so beunruhigt. Am zweiten Tag trägt Sotow eine dunkle Brille, weil er sich an der Augenbraue verletzt hat: Er sei, sagt er, auf einer Bananenschale in einer Bar ausgerutscht – er war betrunken, heißt das. Schließlich ist er hier, auf der Insel, angesichts seiner Stellung eine Persönlichkeit. Die ganze Zeit über ist ihm die Neugierde, die Aufmerksamkeit seines Gesprächspartners sicher. Er, dieser bis zur Unverschämtheit schneidige Mann, ist ansteckend mit seinem Schneid und seiner Energie, bisweilen sogar mitreißend. Doch wenn man ihm zuhört, ihn bewundert, sieht man ihn an und denkt: Ja, aber er ist doch betrunken, betrunken! Er ist ständig berauscht – vor Nervosität, vor Hitze, vom Tabak, vom Whisky. Die Engländer trinken viel, aber natürlich trinkt keiner von ihnen in dieser ganzen weißen Stadt pro Tag so viel wie Sotow, schüttet keiner so viel eiskaltes Sodawasser in sich hinein, raucht keiner so viele Zigarren und Papirossy, redet keiner so viel und so verworren ...

Nach der Lehre im Ausland arbeitete er in der Heimat und genoß das unbeschränkte Vertrauen seines Mentors. Doch in der Selbständigkeit kannte er kein Maß mehr, ebensowenig wie in den Ausgaben. Als er nach Mittelasien geschickt wurde, zerstritt er sich plötzlich aus nichtigem Anlaß mit Netschajew, brach jede Verbindung zu diesem ab – und wurde augenblicklich zu einem Menschen, der gleichmäßig und fest bergan schritt, beinahe zu einem Abenteurer. Er bereiste ganz Sibirien, war am Amur und in China, er brannte vor Ungeduld, etwas Eigenes anzufangen, ein eigenes Geschäft, mochte es auch etwas Neues, ihm noch Unbekanntes sein oder sogar etwas Ungesetzliches, aber jedenfalls etwas, das ihm unverzüglichen Reichtum bescheren würde. Es endete damit, daß er groß ins Teegeschäft einstieg und sich obendrein zwei Ämter sicherte, und nun ist er schon das sechste Jahr hier, in den Tropen, mit nicht wenigen Vollmachten ausgestattet ... Kaum ein Europäer würde wohl sein außergewöhnlich glückliches Schicksal und erst recht seinen Beruf, der ihn viele Jahre Arbeit gekostet hat, so leichtfertig aufgeben! Ein Europäer würde sich nicht der Laune des Zufalls überlassen, sich nicht ein Regierungsamt, eine Dampfschiffagentur und das Teegeschäft aufbürden und zusätzlich zu all dem auf ein Schwindelgeschäft mit Perlmuscheln einlassen, er würde nicht seine schwarze Geliebte – dem Vernehmen nach eine seltene Schönheit – aushalten und vor der ganzen Stadt zur Schau stellen ... Er ist sehr eigensinnig, aber bisweilen sehr taktlos, er zeigt gleichermaßen stark bald große Ausdauer, bald Unbeherrschtheit, bald Verschlossenheit, bald Geschwätzigkeit, er prahlt mit seiner einfachen Herkunft und rühmt sich gleichzeitig seiner Bekanntschaft mit namhaften Leuten, er schimpft nach Strich und Faden auf die russische Regierung und präsentiert doch auf seinem Schreibtisch voller Stolz das photographische Portrait eines jungen, gutaussehenden Mannes in Uniform, der ihm dieses Portrait, versehen mit seinem kurzen Namenszug, eigenhändig überreicht hat; wenn er etwas seiner Meinung nach Witziges erzählt, begreift er oftmals nicht, daß der Sinn dieses Witzes auch durchaus zu seinem Nachteil ausgelegt werden kann. So erfuhr der Gast aus seinen eigenen Erzählungen, daß er als allzu besserwisserisch, ja beinahe als Hochstapler empfunden wurde von einigen jener Geschäftsleute in Sibirien und der Mandschurei, mit denen er sich zunächst so schnell befreundet hatte, die er in der ersten Zeit mit seiner Liebenswürdigkeit und Geselligkeit bezaubert hatte, mit den Allüren eines Mannes, der auf großem Fuß zu leben gewohnt war und sich mit wirklich allem auskannte – von Zigarren, Wein und Frauen bis hin zu irgendwelchen Ausgrabungen auf den Philippinen, die wegen bestimmter Mikroben im Boden lebensgefährlich sind ...

Am Abend fährt der Gast mit ihm hinaus aus der Stadt.

Dort, am Ufer des Ozeans, gibt es ein kleines, sehr vornehmes Restaurant, wo Touristen und Residenten Erholung finden von der drückenden Hitze der Stadt, wo sie Tee trinken, Brandy und Champagner und auf dem Platz vor dem Restaurant den Sonnenuntergang bewundern. Sie fahren in Rikschas hinaus, winzigen Wägelchen, eines hinter dem anderen, über einen endlosen Weg durch jahrhundertealte Vegetation, vorbei an Bungalows und den Hütten der Eingeborenen, und eine geschlagene Stunde lang sieht der Gast aus Rußland vor sich nur den nackten Körper des braunen Mannes, der ihn unter dem grünen, vielästigen Gewölbe aus weitverzweigten Bäumen im Laufschritt immer weiterbringt, und hinter ihm, hinter diesem Körper und seinem schwarzhaarigen Kopf die große, weiße Figur von Sotow, der hochaufgerichtet und gerade in seinem Wägelchen sitzt. Auf halbem Wege dreht Sotow sich plötzlich um, hebt seinen Stock und ruft dem Gast zu:

»Sollen wir einen Abstecher machen?«

Der Gast antwortet zustimmend – Sotow hat auf ein kleines buddhistisches Kloster gezeigt –, und die schwer atmenden, schweißnassen Wilden rollen die Rikschas zu einem Durchgang zwischen den unter Palmen und allerlei anderen Bäumen gelegenen Hütten.

»Na, ist das nicht ganz wie bei uns, wie in Rußland?« sagt Sotow, als er aus der Rikscha klettert. »Nur bei uns gibt es so unverschämt viel Laubwerk und Wald, so viele armselige Hütten und verdreckte kleine Knirpse! Sehen Sie nur«, sagt er und deutet mit dem Stock auf die Bäume, die Hütten, ihre Laub- und Schilfdächer, auf die nackten Kinder und die alten und jungen Eingeborenen, die die Ankömmlinge neugierig umringen. »Auch dieser Abend ist wie bei uns, sommerlich, schwül und so langweilig, langweilig!« sagt er gereizt, während er auf den alten Buddhatempel zusteuert, der auf einem Hügel unter schlanken Kokospalmen steht, wo bereits ein Priester wartet, in einer gelben Robe, die die rechte Schulter freiläßt, mit einem schmalen, an den Schläfen flachen, rasierten Kopf und starren, fast wahnsinnigen Augen.

Beim Betreten des dunklen kleinen Tempels nehmen die beiden Landsleute die schweißfeuchten, innen kalten Tropenhelme ab. Der Priester zeigt mit dem Finger darauf und bedeutet ihnen durch Kopfschütteln: Das ist nicht notwendig.

»Was geht dich das an, Dummkopf!« sagt Sotow auf russisch und fixiert lange und mit merkwürdigem Ernst eine riesenhafte hölzerne Statue, die rot und gelb bemalt und vollständig vergoldet ist und seitwärts hinter einem schwarzen steinernen Opferalter liegt, auf dem Münzen und Nickelringe verstreut sind und hauchdünne braune Räucherstäbchen aromatische Rauchfahnen aufsteigen lassen.

»Wie er bemalt und lackiert ist!« sagt er unvermittelt. »Genau wie die hölzernen Schüsseln und Tassen auf unseren Jahrmärkten ...«

Nachlässig wirft er eine schwere Goldmünze auf die silberne Schale, die der Priester ihm hinhält ...

Als sie im Restaurant eintreffen, ist Sotows Gesicht kreideweiß, und die schwarzen Augen darin sehen furchterregend aus.

»Geschlagene zwei Stunden habe ich keine Giftstoffe zu mir genommen, nicht getrunken, nicht geraucht, ich bin völlig erschöpft«, sagt er. Kaum sitzt er an dem kleinen Tisch auf dem Platz vor dem Restaurant, an dem schroffen, mit blauen, ewig im warmen Wasser des Ozeans badenden Steinen übersäten Ufer, bestellt er Champagner.

Der Schaumwein ist sehr kalt, und sie beide trinken gierig, sind schnell bezecht und blicken hinaus auf den dunkelnden, fliederfarbenen Ozean, auf den unendlich weit entfernten Sonnenuntergang, der verschleiert ist und zartrosa. Ein warmer, sanfter Wind weht, schläfrig zirpen die Zikaden im Gebüsch ... Plötzlich schleudert Sotow seine Papirossa fort, raucht hastig eine neue an und beginnt abermals, aufgeregt und mit Nachdruck von der Ähnlichkeit dieser Insel mit Rußland zu sprechen.

Der Gast lächelt spöttisch. Sotow protestiert verworren und hastig. Es gehe nicht nur, sagt er, um äußerliche Ähnlichkeit ... er habe im Grunde nicht einmal die Ähnlichkeit gemeint, sondern eher seine Empfindungen ... Vielleicht seien diese Empfindungen wechselhaft und übersteigert, aber das sei eine andere Frage ... in diesem Klima würde selbst der Teufel verrückt werden, mit diesem Klima sei nicht zu spaßen ... und wenn man über allerlei fernöstliche Gefahren rede, vergesse man das ganz und gar, vergesse man, daß die Herrschaften Arier und besonders wir, die Russen, unsere Siegeszüge in die Tropen mit äußerster Vorsicht durchführen sollten, und wir müßten des öfteren unserer Vorfahren und deren Eroberung von Hindustan gedenken, die so denkwürdig mit dem Buddhismus geendet habe: Denn schließlich hätten wir, die Arier, die erst nach Tibet und dann in die Tropen vorgedrungen seien, diese in ihrer unanfechtbaren Weisheit beängstigende Lehre in die Welt gesetzt ... Anschließend beginnt er hitzig zu beteuern, daß »die ganze Kraft darin liegt«, daß er die indischen Tropen schon gesehen und gefühlt habe, bevor er erstmals dort war, vor sehr langer Zeit, vielleicht vor tausend Jahren – durch die Augen und die Seele eines entfernten Vorfahren ...

Er erzählt – mit einer Nuanciertheit, Leidenschaft und Beredsamkeit, wie man sie von ihm keineswegs erwartet hätte –, daß er auf dem Weg hierher ganz ungewöhnliche Gefühle erlebt habe, in diesen heißen Sternennächten, als er erstmals das Kreuz des Südens erblickte, Canopus und jene ursprünglichen,

Magellanwolken genannten Sternennebel, als er den Kohlensack-Dunkelnebel sah, diese düstere Öffnung in die Unendlichkeit der Weltenräume, und die unheimliche Pracht von Alpha Centauri, die am vollkommen leeren Horizont funkelte, wo ein unermeßliches, über unseren Verstand hinausgehendes Nichts beginnt ... »Ja, ja«, ruft er nachdrücklich und fixiert den Gast durch seine dunkle Brille, »vollkommen leer war der Horizont um den Stern herum! Der Anblick einer neuen Welt, neuer Himmel öffnete sich vor mir, aber mir war – und ich empfand das außerordentlich lebhaft, das versichere ich Ihnen –, mir war, als hätte ich sie irgendwann schon einmal gesehen. Alle Tage und Nächte hindurch wiegte uns im Ozean die weit ausgreifende, gleichmäßig dahinfließende Dünung. Wir fuhren dem Monsun entgegen, er blies schneidend und stark, es flimmerte uns vor Augen, wir schienen schnelle Fahrt zu machen ... Wenn ich nachts in der heißen Dunkelheit meiner Kajüte erwachte, suchte ich auf dem Oberdeck Erholung von meinem zermürbenden Schlaf, im Wind, unter diesen Sternen – die so ganz anders waren als die, die ich mein Leben lang, von Geburt an gesehen hatte und die mir vertraut waren, sie waren vollkommen anders, schienen mir aber gleichzeitig nicht vollkommen neu, sondern *vage bekannt*. In ihrem matten Licht erklang das unablässige Rauschen des Ozeans, der Dampfer legte sich bedächtig von einer Seite auf die andere, und wie Erhängte in grauen Leichentüchern und mit ausgebreiteten Armen schaukelten und flatterten am Schornstein die langen Ventilatoren aus Segeltuch, die mit ihren Öffnungen gierig die Frische des Monsuns erhaschten, mit dem uns schon der fiebrige Atem unserer schrecklichen Urheimat anwehte. Und da packte mich zuweilen eine solche Wehmut – die Wehmut einer unendlich weit entfernten Erinnerung –, daß man mit menschlichen Worten auch nicht ein Hundertstel davon ausdrücken könnte ...«

Es weht ein leichter, lieblicher Wind, schlaftrunken raschelt das Buschwerk. Über die Dämmerung breitet sich allmählich jenes märchenhafte, orangegoldene Licht, das in den Tropen stets nach Sonnenuntergang aufkommt. Mit orangegoldener Gischt schäumt die Brandung, orangegolden erstrahlen die Gesichter und die weiße Kleidung ...

»Wie paßt das, womit er mich am Tage in Erstaunen versetzte, zu dem, was er jetzt sagt?« denkt der Gast aus Rußland beinahe erschrocken über seinen merkwürdigen Landsmann. Der aber blickt ihn mit seiner dunklen Brille an und wiederholt unbeirrt:

»Ja, ja, ich war schon einmal hier ... Und überhaupt bin ich verloren ... Wenn Sie wüßten, wie entsetzlich verworren meine Angelegenheiten sind! Mehr noch, so scheint es, als meine Seele und meine Gedanken! Nun, es gibt für alles einen Ausweg. Man spannt den Hahn, steckt den Revolver tief in den Mund – und diese Angelegenheiten, Gedanken und Gefühle zerstieben in alle Winde, zum Teufel damit!«

Otto Stein

I

Es war Herbst.

Es regnete, die Straßen von Berlin waren voller aufgespannter Schirme und nasser Kutschendächer, und ihr Asphalt glänzte wie ein schwarzer Spiegel.

Aber Stein, der sich zur Abreise bereitmachte und ganze Tage in Geschäften und Verschiffungskontoren, in Büros von Schlafwagen- und Dampfergesellschaften verbracht hatte, war in Gedanken bereits nicht mehr in Berlin, ohne dabei indes zu vergessen, daß es beim Aufgeben von Bestellungen und beim Einholen von Erkundigungen vernünftig und sparsam vorzugehen galt.

Wie sehr empfand er – angesichts der gegensätzlichen Beschaffenheit jener ursprünglichen Welt, die ihn erwartete – in diesen Tagen die ganze Vielschichtigkeit, die ganze Fülle, die ganze Kraft der europäischen Kultur und seine Zugehörigkeit zu ihr!

Ungeachtet seiner bescheidenen Mittel hatte er

sich bemüht, sich für die Reise mit allem, was für ihn erschwinglich war, auszustatten, damit deren Erfolg so gut wie möglich gewährleistet wäre: In der Tiefe seiner Seele hegte er die feste Überzeugung, daß seine Reise eines Tages als Ereignis gelten, daß sie nicht folgenlos für die Wissenschaft bleiben würde, »für die hohe Sache der Erkenntnis des in all seiner Vielfalt einzigen Wesens des irdischen Lebens, die vernunftgeleitete Erkenntnis, auf der die Menschheit bereits ihre neue, wahre und unverrückbare Religion errichtet«, wie er als treuer Schüler und Nachfolger Haeckels des öfteren zu denken pflegte.

Seine sämtlichen Utensilien, all die Truhen und Kisten unterschiedlicher Größe und Form, in denen alles für seine Arbeit Notwendige verstaut wurde, ebenso die Tropenanzüge, die Jagdschuhe, das teure englische Gewehr, die Revolver und die Photoausrüstung verschiffte er mit dem Dampfer *Lützow* nach Genua.

Anschließend machte er Abschiedsbesuche bei Bekannten und Kollegen, schrieb Abschiedsbriefe an Verwandte und Freunde und stieg schließlich beruhigt und bereit für neue Eindrücke in ein Automobil, das ihn in schneller Fahrt zum Anhalter Bahnhof beförderte.

Es war ein stiller, heller Morgen Anfang November, an den Kreuzungen glänzte die niedrigstehende Sonne, und über den leicht feuchten Straßenfluchten hing ein zarter, lichtblauer Dunstschleier.

Unter den Linden, wo an den schwarzen Bäumen noch einzelne kanariengelbe Blätter hingen, mußten sie an einer Kreuzung kurz anhalten: Der Kaiser stellte sich bei seiner morgendlichen Ausfahrt zur Schau und rollte langsam vorbei, mit seinem glänzenden Helm und in Sommeruniform saß er neben einem alten General, der furchtbar anzusehen war in seiner apoplektischen Massigkeit; Stein konnte das überaus gebieterische Profil des Kaisers gut erkennen – und zog würdevoll seine Melone.

Danach fuhr das Automobil noch schneller und hatte ihn in fünf Minuten zum Bahnhof befördert, und die dunkelblauen Kittel der Gepäckträger, die riesigen, hallenden Wartesäle, die Menge, die den hohen Portalen der Gleishalle zuströmte, der Anblick des schlanken, zischenden Zuges unter der gläsernen Kuppel, der säuerliche Geruch nach Gas und Steinkohle und die Jungen mit den Servierwagen und ihren laut schallenden Rufen versetzten ihn bereits vollends in die Welt des Reisens.

Der Zug, in dem er Platz nahm, war prächtig.

Der Waggon, schaukelnd und federnd, flog fast ohne Zwischenhalte dahin.

Die Fensterscheiben wurden warm von der Sonne, Streifen heißen Sonnenlichts glitten durch das Zugabteil, und durch die am Fenster vorbei nach hinten wirbelnde weiße Rauchfahne zeigten sich in einem fort sonnige Herbstfelder, lehmige Äcker, rote Dächer von Bauernhäusern, niedrige Kieferngehölze, silbrig-sandige Anhöhen, Fabrikschlote – und gelegentlich die Straßen von Städten und deren sich bunt aneinanderschmiegende Dächer und Mauern, die von beiden Seiten her so dicht an ihm vorüberflimmerten, daß er durch die zum morgendlichen Reinemachen geöffneten Fenster einen Blick ins Innere der Zimmer erhaschen konnte.

Stein rauchte und las die Zeitung; an den Haltestellen ließ er rasch den breiten Fensterrahmen herunter, nahm von einem Jungen, der über den sonnigen, kühlen Bahnsteig gerannt kam, rasch ein Glas Bier, warf ihm eine Münze zu und vertiefte sich wieder in die Lektüre.

II

In Genua empfingen ihn Regen und milde, südliche Meeresluft.

Alles Gewohnte, Europäische war jenseits der schneeigen, nebligen Alpen zurückgeblieben.

Hier war alles anders – ein anderer Bahnhof, andere Menschen, eine andere Betriebsamkeit, sogar anderer Schmutz auf dem schlechten Straßenpflaster.

Auch wenn er sich als Mensch einer anderen, höheren Rasse empfand, blickte Stein nicht ohne Wohlgefallen auf die Italiener, auf diese eiligen, redseligen, graziösen kleinen Leute, und auf das nasse Grün der Palmen auf dem Bahnhofsvorplatz.

Die Nacht verbrachte er in einem feuchten Zimmer, dessen Fenster auf schmale, ärmliche, trübe beleuchtete Straßen hinausgingen und auf Wäsche und Tücher, die an zwischen den eng aneinandergereihten Häusern gespannten Leinen hingen.

Am nächsten Tag fuhr er bei Regen in einer erbärmlichen Droschke, deren mageres Pferd ständig zur Seite hin trottete, als wolle es unbedingt unter eine Straßenbahn geraten, zur *Lützow*, die schon bald darauf zu den Klängen der deutschen Hymne ablegte.

Das Seil, an dem ein kleiner Schlepper den

stumpfnasigen Koloß zum Hafenausgang bugsierte, spannte sich, und das von der Schiffsschraube aufgewühlte, seifige Wasser, Boote, Wellenbrecher, Dampfschiffe – alles begann zu schwimmen, glitt zurück.

Dunkle Wolken senkten sich schwer herab auf die blau schimmernden Berge jenseits der Hügel, an deren steilen Abhängen die in der Ferne entschwindende Stadt weiß leuchtete; die letzte Mole tat sich auf und schloß sich wieder – und vor ihnen öffnete sich die weite Fläche des unwirtlichen Meeres mit ihren glitzernden Schaumkämmen unter dem niedrigen, trüben Himmel. Schneeweiße Gischt brandete um einen Küstenvorsprung, der sich in der Ferne dunkel abzeichnete, der Wind zerrte ungestüm an der noch nicht herabgelassenen großen Flagge am Heck; die Musik war verstummt, die Passagiere hielten ihre Hüte fest und verließen das nun ruckartig auf und nieder schwankende Deck …

Stein, hochgewachsen, mit rotem Schnurrbart und hellen Augen, im grauen Anzug, mit stämmigen, kräftigen Beinen, die prallen Waden mit einer Tuchbinde umwickelt, in derben Schuhen und Tirolerhut, stand noch lange allein an Deck und blickte auf die kleiner und verschwommener werdende Küste.

III

In der Dämmerung des neunten November passierte die *Lützow* Neapel, und diese Dämmerung war noch milder und dunkler als in Genua, und es blies ein noch wilderer Wind über der gewaltigen, verhangenen Bucht, jenseits derer in einer langen Kette die lockenden Lichter der Stadt schillerten.

Später an diesem grauen, beinahe frühlingshaften Tag erblickte Stein inmitten der perlgrauen Fläche des Meeres den einsamen, violetten Kegel des ewig rauchenden Stromboli, gegen Abend dann die gekräuselten Wolken auf den Bergen Siziliens und in der Nacht neue Lichter, in Messina. In der rosafarbenen Morgendämmerung, geweckt von der langsamen, aber ziemlich heftigen Schaukelbewegung, durch die der Vorhang seiner Koje immer wieder zur Seite glitt, konnte er sich kaum sattsehen an dem kalten Wasser, das in glänzenden Wellenhügeln unter dem leicht beschlagenen Bullauge vorüberrauschte, an der schneegestreiften Haube des Ätna, die flach hingestreckt vor dem klaren Himmel schwebte; am Mittag, bei südlichem Wind und dem heiteren, blassen Glanz der Sonne, notierte er in seinem Journal, die Farbe des Meeres habe sich verändert, sei nun sattlila …

Zwei Tage weilte die *Lützow* in der herrlichen ionischen Ödnis voller schemenhafter, luftig-leichter fliederfarbener Inseln, und am dritten Tag zeichneten sich als staubiges Band die niedrige Küste, die Masten und Häuser von Port Said ab.

In Port Said lagen sie ein paar Stunden vor Anker, und Stein besuchte die Stadt.

Die Zudringlichkeit der unzähligen Bettler, die ihn auf Schritt und Tritt verfolgten, entrüstete ihn; dennoch notierte er, nachdem er sein Büchlein herausgezogen hatte, daß die Bewegungen dieser Semiten, die nicht durch europäische Kleidung gehemmt würden, hinreißend seien.

Er spazierte durch die Straßen und kostete griechische Süßigkeiten und türkischen Kaffee, während er in einem Kaffeehaus saß und seine Füße einem Jungen hinstreckte, der vor ihm kniete, verbissen mit seiner Schuhbürste hantierte und von Zeit zu Zeit mit bezaubernder kindlicher Freude seine blitzenden Augen auf ihn richtete.

IV

Als er wieder auf dem Schiff war und sich, zurückgelehnt in einen Segeltuchstuhl, an Deck niederließ, beobachtete er, wie bei den Dampfschiffen Hunderte hagerer, halbnackter Lastenträger geschäftig hin und her rannten, von breitbodigen Barken eimerweise Koks in die Laderäume warfen und dabei von Kopf bis Fuß mit metallischem Staub bedeckt wurden; die Sonne wärmte, die Möwen schrien klagend und langgezogen, und er schaute ihnen zu und dachte an das Genie von Lesseps, daran, daß Lesseps den größten Umbruch im Schicksal der Menschheit vollbracht hatte – er dachte an das, was er viele Male in Büchern gelesen hatte, ergötzte sich indes an diesen Gedanken, als seien es seine eigenen.

Als die Sonne in einem safrangelben Feuerschein hinter den fernen Schloten und Masten versank, reckte die *Lützow*, wie ein Wal in einem Fluß, sich den Kanal entlang, der sich als grünes Band zwischen dem längs seiner hügeligen, sandigen Ufer gepflanzten Buschwerk dahinzieht.

Schnell wurde die Wüste fahl und dunkel, verlor sich in einem bräunlichen Dunstschleier, von Osten her zog die Nacht der alten arabischen Länder herauf, ihre schweigende Trauer, bedächtig und in ruhiger Fahrt glitt der Dampfer voran – und das Bewußtsein des nahen Sinai weckte in der Seele den Widerhall eines heiligen, seit Kindertagen heimlich gehegten Gefühls ...

Später dann stand Stein, leicht betrunken, überheblich und stolz, im Frack und mit Zigarre eine ganze Weile in der Menge eleganter Männer und Frauen, die nach dem Essen an Deck gekommen waren, um sich ein seltenes Schauspiel anzusehen: Am Bug der *Lützow*, unterhalb des Bugspriets, hing leuchtend wie die Sonne eine imposante elektrische Laterne und warf ihr blendendweißes Licht weit hinaus in die Dunkelheit. Den Windungen des Kanals folgend, inspizierte die *Lützow* wachsam alles, was auf ihrem Weg lag – das trübe Wasser, die graubraunen Schlammschichten, das mit Sand überstäubte Buschwerk, die Boote bei den Wachposten, die Gestalten der in lange Hemden gehüllten, barfüßigen Fellachinnen, die im Heck ihrer Boote kauerten.

Der Schlamm, der arabische, der ägyptische Sand, die ursprünglichen Gestalten gemahnten an ein abgeschiedenes, halbwildes, alttestamentarisches Leben.

Doch die Dunkelheit am Horizont war stets zu erkennen und schimmerte silbrig im Scheinwerferlicht der vorüberziehenden Dampfschiffe.

Einmal drosselte die *Lützow* ihre Fahrt vollständig und wich in Richtung Ufer aus, um beinahe eine ganze Stadt passieren zu lassen: Sie kam bedrohlich näher, mit ihren breiten, unerträglich gleißenden Strahlen grellviolett leuchtend wie brennendes Magnesium, und tauchte alle Passagiere an Deck der *Lützow* in helles Tageslicht – dann rauschte sie vorüber mit all ihren Stockwerken, ihren hohen Masten und Schloten, ihren goldenen, erleuchteten Bullaugen und offenen Türen, hinter denen in den überfüllten Sälen Musik spielte ...

In dieser Nacht, an der Schwelle der Tropen, an jener sehnlichst erwarteten Linie, von der er so lange geträumt hatte, blieb Stein fast bis zum Morgengrauen wach.

Der Himmel erschien wegen der vielen Sterne erster Größe düster und feierlich.

Und im Gefühl des Übermaßes all seiner Kräfte und Fähigkeiten, erfüllt von Hoffnungen und dem festen Glauben an sich selbst, an seinen Verstand, an sein Herz, an seine Weltsicht, schritt Stein langsam über das Deck und blickte mit seinen hochmütigen germanischen Augen streng hinauf zum schwarzen Sternenhimmel.

Der letzte Frühling

I

Die sechste Woche der Großen Fasten, aber es ist noch tiefer Winter.

Ich bin um fünf Uhr aufgestanden, habe mich angezogen und das Haus verlassen. Welche Freude, welche Jugend, diese Stunde vor Sonnenaufgang! Die Filzstiefel, der Halbpelz – alles ist Glück. Es ist noch Nacht, still und verschneit. Am dunklen Himmel anscheinend ein erster Morgenschimmer. Der erste süße Atemzug frischer Kühle, als ich auf die Vortreppe hinaustrete. Es riecht nach Neuschnee. Wie leblos krähen die Hähne durch das ganze Dorf.

Nach dem Essen fuhren wir in Richtung Snamenskoje. Der Schlitten mit der abgerundeten Rückwand ist mit gefrorenen, ausgedroschenen Getreidepuppen gepolstert, der kräftige gescheckte Wallach hat einen Schluckauf. Die Felder sind sehr weiß, ihr Weiß wird eins mit dem blaßgrauen Himmel und versinkt in tiefer Ruhe und Reglosigkeit. In der Ferne ist alles verschwommen und schemenhaft. Dunkel, mit grauem Rauhreifschleier zeichnen sich die Wälder ab.

Wir fuhren über die Hinterhöfe ins Dorf hinein. Ödnis, Leere, alles tief verschneit. Gewaltige Buckel und Schneewehen zwischen Katen und Schuppen. Kaum in Snamenskoje angekommen, kamen wir vom Weg ab und wußten nicht, wie wir wieder zurückfahren sollten. Es ging schon auf die Abenddämmerung zu, es wurde kälter, die Wälder in der Ferne waren noch dichter mit grauem Rauhreif verhangen, der Wallach war über und über mit Reif bedeckt ...

Schließlich erschien hinter einer Schneewehe aus der dunklen Tür einer im Schnee eingesunkenen Hütte ein Mann und stapfte in seinen löchrigen Filzstiefeln ohne einzusacken über die Schneewehe auf uns zu. Ein dünner, rotblonder Bart, eine schmale, wachsbleiche Nase, ein leichter Bauernmantel und eine nußbraune (aus Pferdefell gefertigte) Mütze. Im Näherkommen musterte er zunächst mit seinen verschiedenfarbigen Augen aufmerksam das Pferd, den Schlitten und uns und sagte dann bedächtig zu mir:

»Du bist aber hier nicht richtig, lieber Herr. Hier ist kein Weg. Der offizielle Weg ist da drüben. Komm mit ...«

Er nahm das Pferd am Zügel und führte uns über die Schneewehen …

Abends gingen wir nach Prilepy, zum Gut, das ein paar Bauernfamilien gepachtet haben. Im Dorf war schon kein Licht mehr, nur in zwei, drei Katen glommen schläfrige, abgedunkelte Lämpchen. Frostkalte, würzige Luft.

Auf dem Gut hat nur noch Sergej Klimow Licht. Über seiner Hütte heben sich die hohen Bäume in düsterem Grau vor dem dunklen Himmel ab. Die Hunde umringen uns mit rauhem Gebell. Eine Tür schlägt, und Fedka tritt heraus.

»Schlafen schon alle?«

»Durchaus nicht.«

»Wir wollen zu Tichon Iljitsch.«

»Bitte sehr!«

In der Kate hängt ein warmer, durchdringender Mief und Dampf von den feuchten Lappen im Waschtrog, unter den Füßen schmatzt das feuchte, dreckstarrende Stroh. Einfache, bunte Holzschnitte an den Balkenwänden, feucht angelaufen. Hinter dem Ofen hervor recken sich neugierige Bubenköpfe. Tichon Iljitschs Sohn schläft. Die Schwiegertochter wäscht in einem Trog Wäsche, die Enkelin ist im Begriff, schlafen zu gehen, bindet ihr Kopftuch neu und steht nur in ihrem rauhen Unterhemdchen da. Tichon Iljitsch selbst sitzt vornübergebeugt auf dem Ofen und hat die Handflächen darauf gestemmt; seine entsetzlich dünnen Beine in den verschlissenen Hosen hängen über der Ofenbank, auf der weitere Buben schlafen. Sein Gesicht ist bleich und aufgeschwollen, der Bart hängt herab, die glänzenden Augen tränen. Er spricht vom Tod, behauptet, er würde jeden Moment sterben und hätte kein bißchen Angst.

Man kommt auf den Krieg zu sprechen, Fedka und die Bäuerin loben das Leben im Ausland, von dem die Gefangenen immer erzählen. Zum Beispiel der Schulunterricht – bei uns und bei den Deutschen ... Wir haben lauter Lehrerinnen, aber keiner hört auf sie – »und was können die denn schon wissen?«

Tichon Iljitsch hörte mit gesenktem Kopf zu und sagte dann:

»Alles Unsinn. Sollen sie Krieg führen. Seit Menschengedenken wurde Krieg geführt, und es wird wieder geschehen. Und das Lernen ist zu nichts nutze. Aber in den Großen Fasten zu sterben, zumal in der Karwoche, oder am allerbesten an einem Ostersonntag – diese Freude, Herrschaften, gibt Gott nicht jedem ...«

II

Es ist grau und kalt.

Ich ging über den Weg hinter dem Dorf, über die Hinterhöfe. Unter den Weidenbäumen steht Motka, niedergeschlagen, unzufrieden. In den Händen ein einläufiges Gewehr – er hat auf die Dohlen in den Weiden geschossen. Zwei hat er mit einem Schuß getötet – reglos liegen sie zu seinen Füßen im grauen Schnee, eine dritte sitzt in einiger Entfernung, duckt sich, den gebrochenen Flügel ausgebreitet, auf den Boden und späht mit glänzenden, schillernden Augen herüber.

»Wozu schießt du sie ab?«

Er grinst trüb:

»Ich übe. Ich will mich freiwillig melden.«

»Warum?«

»Was soll ich hier herumhocken?«

»Hast du keine Angst, daß man dich tötet im Krieg?«

»Na wenn schon. Bestimmt sind von uns Jungen sowieso nicht mehr viele übrig. Außerdem werde ich selbst etliche töten, bis man mich umbringt ...«

III

Nein, es ist schon Frühling.

Heute sind wir wieder hingefahren. Und den ganzen Weg über haben wir geschwiegen – Frühjahrsmüdigkeit und Nebel. Keine Sonne, aber hinter dem Nebel schon viel Frühlingslicht, und die Felder so weiß, daß man kaum hinschauen kann. In der Ferne die schemenhafte Silhouette der üppig sprießenden, fliederfarbenen Wälder.

Nicht weit vom Dorf überquerte ein Bursche mit gelber Kalbslederjacke und Gewehr die Straße. Ein menschenscheuer Jäger. Er sah uns an, ohne zu grüßen, und ging querfeldein über den Schnee auf ein dunkles Gehölz in der Talsenke zu. Ein kurzes Gewehr, mit abgesägten Läufen und selbstgebasteltem, zinnoberrot gestrichenem Schaft. Hinter ihm lief gleichmütig ein großer Hofhund.

Selbst der Wermut, der entlang des Weges aus dem Schnee ragt, ist mit Reif überzogen; doch es ist Frühling, es ist Frühling. Selig hocken die Habichte auf den über das Feld verteilten, verschneiten Misthaufen, verschmelzen sanft mit dem Schnee und dem Nebel, mit all dem Üppigen, Milden und leuchtend Weißen, das diese glückliche Vorfrühlingswelt erfüllt.

IV

Leichter Frost, und die Sonne wärmt schon ein wenig.

Am Fluß, bei den überfrorenen Eislöchern, ein paar Frauen. Darunter auch Katka. Bastschuhe, unter der Steppjacke rundet sich die Brust. Freundlich lächelt sie uns an. Sie und die anderen Frauen: »Da schau her, die schlendern herum, gehen spazieren! Nicht mal für den Krieg will man sie haben!«

Auf dem Berg, bei der Tenne des Herrenhauses, wärmte sich ein weißer, rosagefleckter Stier in der Sonne. Er stand vor dem Hintergrund des Himmels, und ich konnte mich gar nicht sattsehen an dem leuchtenden Blauviolett, das der Himmel durch den Stier annahm. Sehr schön anzusehen waren auch die alten, dunkelgrünen Tannen am Hang unterhalb des Gartens.

Abends nach Polewoje. Wir gingen von Wysselki aus zu Fuß, führten den Wallach am Zügel: Wir wollten bis zum Gutshof gelangen. Man konnte weithin sehen. Im Westen war gerade in feurigen Wolken die Sonne untergegangen, und die Wolken verglommen rasch und trübten sich; im Osten war der Himmel fahl gewesen, er nahm nun ein sattes Graublau an, und die Schneedecke wurde flach und grünlich …

Als wir auf den Gutshof zufuhren, war es endgültig Abend geworden, der Schnee und die weißen Kappen der Dächer stachen im letzten Licht des Sonnenuntergangs grell hervor.

Im Haus war es dunkel, in der Diele brannte rotglühend der Ofen. Die Traurigkeit des Winterabends, des Schnees, der Leere, der Einsamkeit ... Wir tranken Tee, der Hausherr sagte: Zu Ostern erwartet das Volk »unter allen Umständen« Frieden.

Als wir hinausgingen – eine Mondnacht. Ein glänzender halber Mond, die geraden Schatten der kahlen Bäume, darunter, im Schnee, das Funkeln von Edelsteinen; der Schatten der Rauchfahne aus dem Schornstein des Hauses. Hinter dem Garten, auf dem hellen, leeren Feld, ein einsamer, überfrorener Heuschober.

V

Montag der Karwoche.

Alles ist naß, überall taut es, überall fließen kleine Bäche. Die unebenen Stellen im Dorf sind jetzt deutlich zu sehen, im Fluß bleigraues Wasser auf der Eisdecke, die Felder in der Ferne traurig, scheckig: dunkel hervortretende schneefreie Stellen wie schwarze Inseln im weißen Schneemeer.

Mit großer Mühe gingen wir die Straße hinunter – der Schlamm ist unpassierbar. Ein frühlingshaft feuchter Wind bläst kräftig durch die kahlen Weidenbäume, und darauf kreischen in einem fort die gerade erst eingetroffenen Krähen – sie kreischen hochmütig und siegesgewiß und zugleich fröhlich, töricht und unharmonisch. Ein unvergleichliches Gefühl – sie nach dem sechsmonatigen Wintertod erstmals wieder zu hören!

Ein kurzer Besuch bei Paltschikows. Der Alte sitzt auf der Bank und flicht Bastschuhe. Ein friedliches, ergebenes, freundliches Gesicht.

»Gesundheit zu wünschen, werte Herrschaften.«

Die blauäugige Anjutka mit der voller werdenden Brust unter dem Hanfhemd arbeitet neben ihrer Mutter am Webstuhl. Maschka sitzt auf der Bank am Fenster und spinnt. Am Boden, auf dem feuchten, schmutzigen Stroh, ein paar Schafe mit frisch geborenen, lockigen, wie abgeleckten Lämmchen. Beim Ofen, hinter einem Knettrog mit Teig, über den ein altes Wams gebreitet ist, liegen zwei Ferkel und stellen ihre rosaroten Bäuchlein zur Schau.

Maschka warf dem Alten einen Seitenblick zu:

»Du würdest deine werten Herrschaften besser fragen, wann der Krieg zu Ende ist!«

»Wenn sie das ganze Volk niedergemetzelt haben, dann ist er zu Ende«, ließ sich die Mutter kalt und böse hinter dem Webstuhl vernehmen. »Wenn wir alle verhungert sind.«

»Ach, ihr Weiber«, sagte ich. »Schämt ihr euch nicht? Wer von euch liegt im Sterben? Ihr habt noch nie so gut gelebt. Wieviel Geld hat jetzt jeder Hof? Hühner gibt es im ganzen Dorf für kein Geld zu kaufen – ihr eßt sie alle selbst auf. Und von eurem Hof will ich erst gar nicht reden! Na, sagt schon, wieviel Stück Vieh habt ihr?«

Die Frauen gaben keine Antwort.

Die Alte kam herein, auch sie völlig durchnäßt, in zerschlissenen Bastschuhen und einer Bauernjacke. Und auch sie bedachte uns mit einem mürrischen Blick.

»Wieso bist du naß bis auf die Haut, Weib?« fragte ich. »Ich denke, du bist krank.«

»Etwa nicht? Und ob ich krank bin. Ich könnte jeden Moment ins Gras beißen.«

»Und läufst dabei pitschnaß herum. Und dann diese Bastschuhe! Wieso kaufst du dir keine richtigen Schuhe?«

»Kaufen! Und woher nehmen und nicht stehlen? Richtige Schuhe hab ich mein Lebtag nicht gehabt. Sogar geheiratet hab ich in Bastschuhen. Du hast leicht reden, du hast ja alles.«

»Ich habe gar nichts. Nur den Kopf auf meinen Schultern.«

»Den Kopf! Und auf dem Kopf? Aha, eine piekfeine Mütze! Wie willst du dich da erkälten! Spazierst hierhin und dorthin ... Teetrinken und Flanieren. Was hast du denn für eine Arbeit? Du brauchst gar nicht den Kopf zu schütteln. Stimmt es etwa nicht?«

»Natürlich nicht.«

»Ach, sei doch still. Ich stehe am Morgen auf und schon geht es los. Den ganzen Tag auf den Beinen, da wird man auch mal naß ...«

Ihre graublauen Augen füllten sich mit Tränen und röteten sich. Ich umarmte sie scherzhaft und küßte sie auf die Stirn. Widerstrebend und streng lächelte sie, sah mich dann ganz freundlich an, wandte sich ab und ging zum Ofen.

Bis wir zu Hause ankamen, hatte es aufgeklart. Ein rosiger, strahlender Abend. Im Haus war es still, die gesamte Dienerschaft war zur Kirche gegangen. Lange saß ich im Salon und blickte in den Sonnenuntergang, der durch die dunklen Zweige der Kiefern im Vorgarten besonders leuchtend und rosafarben schien. Dann ging das Rosa allmählich in Gold über ...

VI

Wir sind mit dem flachen, großen Bauernschlitten unterwegs – mit Metallkufen kommt man schon nicht mehr vorwärts.

Ein düsterer, trüber Tag. Aber es taut – der Weg ist aufgeweicht und nur noch in der Mitte hart und höckerig, braun von fauligem Pferdedung, darunter Eis.

In der Nähe von Kresty sank der Wallach bis zum Bauch ein. Unter großer Anstrengung richteten wir ihn wieder auf und zogen ihn heraus, blieben dann eine Weile stehen und blickten uns um. Das gewaltige, erhabene und urtümliche Bild der Felder, die unter dem düsteren, mit den Wolken langsam dahinziehenden Himmel nun einen vollends traurigen Anblick boten. Kräftiger, frühlingshaft frischer Wind von Westen. Das Rauschen des Waldes, dessen dunkle Silhouette sich eine halbe Werst vor Kresty abzeichnet, ist selbst hier zu vernehmen. Zwischen dem Wald und uns bleicher Schnee und dunkelblaue Stellen, wo die blanke Erde zu sehen ist. Der Wallach, gescheckt, alt und zottig, steht mit gesenktem Kopf auf einer Erhebung des Weges und blickt auf die flaschengrüne Pfütze mit Eiswasser, die sich im Schnee daneben gebildet hat … Die alte Rus!

Zurück fuhren wir auf einem anderen Weg, über Kasakowka. Bei der Einfahrt ins Dorf halfen wir einem Bauern, dem das gleiche zugestoßen war wie uns zuvor: Pferd und Schlitten waren in einem mit Wasser und Schnee gefüllten großen Schlagloch eingesunken. Das graue Pferd liegt halb im Matsch, wirft die Vorderläufe nach vorn und versucht, damit Halt zu finden, um herauszuklettern, rutscht aber immer wieder ab, während der Bauer, der durch unsere ungebetene Hilfe anscheinend noch erboster ist und uns keines Blickes würdigt, in einem fort mit dem Peitschenstiel auf seinen Kopf einschlägt, aus dem ganz und gar menschliche Augen blicken.

»Ihr wärt besser in den Krieg gezogen, anstatt müßig hier herumzulungern!« murmelte er mit zusammengebissenen Zähnen böse in unsere Richtung, während er an den Zügeln zerrte und mit dem Peitschenstiel hantierte.

Der Abend war sehr dunkel. Vor lauter Dunkelheit, Matsch und Wasser konnte man den Hof nicht verlassen. Ich ging über den Hof, von der Vortreppe bis zur Remise. Irgendwo rief klagend ein Uhu.

VII

Gründonnerstag.

Wind, Sonne, strahlender Glanz. Nachts hat es geschneit – jetzt sind der Matsch und der alte, graue Schnee mit funkelndem, flauschigem Neuschnee bedeckt. Auf den Feldern, bis zum Horizont hin, glitzert alles silbrig.

Um drei Uhr fing es an zu regnen.

Abends gingen wir hinaus – undurchdringliche Finsternis, dichter Nebel, Feuchtigkeit. Im Dorf jenseits des Flusses kein einziges Licht. Dort, wo die Gesindestube ist, ein trübroter Lichtfleck. In der Schlucht zum Fluß hin schwarze Dunkelheit, das dumpfe, wie von weit her kommende Rauschen des Wassers, das Knacken und die Bewegung des Eises. Ganz wie in *Auferstehung*. Und obendrein begannen die Hähne zu krähen …

Später krähten sie seltener und musikalischer. Im Garten, ganz in der Nähe, aber wo genau, war wegen des Nebels nicht zu erkennen, begann ein Uhu zu rufen. Ein Bellen zuerst, dann ein Kinderweinen, Flügelschlagen und ein heiserer Schrei – genüßlich, mit qualvollem Vergnügen. Wir gingen hinaus in die Allee und lauschten. Die Bäume über uns schienen unheimlich und riesig, obgleich wir sie eher spürten, als daß wir sie sahen. Ein auffallend süßlicher Geruch – nach feuchten Baumstämmen und Zweigen, nach Borke, Knospen und Nebel. Wir gingen zu der kleinen Hütte, die leer, einsam und finster war. Wie anders sie im Sommer war, wenn die Wächter darin wohnten! Jede verlassene Behausung bleibt für immer lebendig, denkend, fühlend. Der Uhu schrie jetzt ganz in der Nähe, schrill und schaurig, fing plötzlich wieder an zu bellen, stockte und schlug dann schnell und dumpf hallend mit den Flügeln. Ich klatschte in die Hände und stieß einen Schrei aus. Der Uhu flog rauschend auf und verstummte. Kurz darauf ließ er sich irgendwo im Nachbargarten vernehmen – scheinbar unendlich weit weg …

VIII

Den ganzen Tag Regen.

Manchmal hört es auf, und dann wird der nasse Garten lebendig, die Drosseln singen. In diesem lieblichen, fast spielerischen Tirilieren liegt eine so frühlingshafte Zartheit, ein solch süßer Hauch von Leben, Hoffnung und Glück, daß es mit Worten nicht auszudrücken ist.

Ich ging hinaus auf die Vortreppe: Da stand ein bettelarmer alter Mann, barhäuptig, an der Hand ein zerlumptes kleines Mädchen in fauligen Bastschuhen und einem verschossenen blauen Mützchen.

»Geben Sie uns etwas, Väterchen, um Christi willen ... Wir sind vor dem Krieg geflohen, kommen von weit her.«

Ich gab dem Alten etwas, dann neigte ich mich zu dem kleinen Mädchen hinunter:

»Wie heißt du?«

Sie schweigt.

»Warum sagst du denn nichts?«

Sie schweigt und sieht mich mit hellen Augen an.

Ich steckte ihr ebenfalls einen Rubel zu, und sie preßte ihre kleine Faust fest, aber noch immer teilnahmslos zusammen.

Im Aufrichten sagte ich:

»Ach, schlecht leben wir!«

Der Bettler war erstaunt:

»Wieso lebt ihr schlecht, Väterchen? Woran fehlt es euch? Eure Armut, Väterchen, ist für uns ein großer Reichtum.«

»Aber nein, ich rede nicht davon. Sündig leben die Menschen.«

»Tja, mein Lieber, das war schon immer so und wird sich auch nicht ändern …«

Schon fallen nur noch große Tropfen – die Wolken zerstreuen sich. Die Bäume duften nach feuchter Borke, die Drosseln tirilieren noch süßer und lieblicher. Ein gemächlicher, einmaliger Klang. Zu diesem Klang gehen Mägde und Bäuerinnen am Gut vorüber.

IX

Karsamstag.

Im Haus ist großes Reinemachen. Die frisch gewischten Böden, von denen warme Feuchtigkeit aufsteigt, sind mit Pferdedecken ausgelegt. Die Fenster werden abgewaschen und blankgerieben. Anisska und Natascha, hochgeschürzt, verschwitzt, rot im Gesicht, sind müde und zanken deshalb. Der Student, jetzt schon ganz der Moskauer Herr, der Zugereiste, benimmt sich wie ein Fremder, weiß nichts mit sich anzufangen, steht auf der Vortreppe und blickt durch sein Pincenez aufs Feld. Der Wind bläst und trocknet den Hof und den Garten ... Vorfeiertägliche Traurigkeit und Leere ...

Gegen Abend ist alles aufgeräumt, alles sauber und in bester Ordnung. Der Wind läßt nach. Der goldhelle Westen hat aufgeklart, sich aufgetan. Die Luft ist kühl, von den Frühjahrsfeldern her riecht es durchdringend nach Erde. Die Sonne kommt kurz heraus und beleuchtet unvermittelt den kahlen Garten: Die blaßlila Zweige glänzen, die knorrigen Stämme der Linden sind deutlich zu sehen.

Als die Sonne unterging, glomm der Westen lange rot, und darüber, hoch oben, leuchtete golden die Venus. Im Abendlicht zogen festlich gekleidete Frauen und Männer in Stiefeln und Rock den Berg hinauf zur Kirche, alle mit weißen Bündeln in der Hand.

Um zehn ging ich zum Wächterhaus der Kirche. Es war verraucht und eng, das ganze Haus war voll. Unter den Heiligenbildern sitzt ein schmächtiger Bauer mit kleinem Frauenkopf und schwarzem, üppigem Haar. Er trägt einen schwarzen Bauernmantel, gegürtet mit einem schwarzen Riemen. Er blinzelt immerzu, kneift die Augen zusammen und streicht seine Haare glatt. Neben ihm ein Bauer mit geöltem und gezwirbeltem Bart, mit öligen, azurblauen Augen, der nur für Schönheit und Prunk lebt. Daneben ein alter Mann – ganz bemoost und mächtig, imposant, ganz aus der alten Zeit. Neben ihm ein Weib, hochgewachsen und hager, Augen wie eine Klapperschlange, angetan mit einem bunten Tuch.

Ein Gespräch über Verletzte und Flüchtlinge:

»Andauernd soll man für die Verletzten etwas geben! Bring Eier für sie, gib Leinwand zum Verbinden, aber wovon sollen wir etwas abgeben?«

»Für die Verletzten?« fragte der schmächtige Bauer stirnrunzelnd. »Für welche denn?«

»Wovon sollen wir denn für sie etwas abgeben? Ich hab bloß eine Viertel Desjatine Land, und wir sind sieben!«

»Und für die Flüchtlinge, woher sollen wir für die noch etwas nehmen?« fragte der bemooste Alte.

»Die sind reicher als wir beide«, sagte der schmächtige Bauer.

»Ein Narr bist du, Bruder!«

»Ich bin ein Narr?«

Stirnrunzelnd und mit leichtem Lächeln schüttelte er den Kopf:

»Flüchtlinge! Warum gibt es überhaupt Flüchtlinge? Bei sich zu Hause haben sie es zu nichts gebracht, also flüchten sie hierher? Uns hat man einen geschickt, der hat alle Hühner getötet, hat sie alle aufgefressen...«

Danach geht es um den Krieg. Die einen behaupten, wir würden siegen, die anderen bezweifeln das.

»Was heißt, wir siegen nicht?« Das war wieder der schmächtige Bauer, munter und boshaft. »Dem Feind können wir mit unseren Angsthasen nicht beikommen!«

Einträchtiges Geschrei erhob sich. Er verstummte, schüttelte aber noch immer den Kopf.

»Zum Glück sind wir nicht allein«, bemerkte der bemooste Alte. »Wenn wir allein wären ... Aber so sind England und Frankreich auf unserer Seite, Gott gebe ihnen Gesundheit.«

Bodulja kam herein – ein oberflächlicher, leichtsinniger Müßiggänger – und stampfte mit den Bastschuhen auf:

»Unseren (Zaren) besiegt keiner! Der marschiert quer durch alle Staaten! Zum Teufel soll er sich scheren, dieser Deutsche!«

Jemand hustete und fing frohlockend an zu lachen:

»Er hat sich nach Paris aufgemacht, und dann ist er steckengeblieben! Hat seinen ganzen Staat mit Verletzten vollgestopft!«

Ein stattlicher Bauer blies ins gleiche Horn:

»Man sollte noch die Wachtmeister dahinschikken, an die Front, die kennen diesen Dienst aus dem Effeff! Wozu sollen sie hier herumsitzen?«

Ich trat hinaus auf den Kirchhof. Es war dunkel und kühl. Der Himmel war tiefblau und märchenhaft schön mit seinen weißen, großen Sternen.

In der Dunkelheit sagte jemand ganz überzeugt:

»Nein, das ist alles Unsinn. Nach diesem Krieg wird sich nichts ändern. Und wieso das? Wenn man den Herren den Boden wegnimmt, dann muß man das auch beim Zaren tun, und das wird man niemals zulassen.«

Jemand erwiderte scharf:

»Warte nur ab, der Zar kommt auch noch dran. Warum hat er auch das ganze Volk ausgenommen für diesen Krieg? Zum Weißen Sonntag müssen wir schon wieder Rekruten schicken. Das darf doch wohl nicht wahr sein! Ganz Rußland ist leer und still geworden!«

X

Ein Frühlingsabend.

Im Dorf, bei den Nikitins, viel Volk. Ein Soldat wurde verabschiedet. Er trug neue Stiefel und ein khakifarbenes Hemd. Er stand auf der Vortreppe mit seiner weinenden, wehklagenden Frau. Er hielt sie umarmt, seine Stirn gegen die ihre gepreßt, und schwankte. Sie riß sich von Zeit zu Zeit schreiend los und schien zu Boden zu sinken. Dann blickte er sie mit bösen, finsteren Augen unverwandt an. Seine Mutter stand vollkommen erstarrt daneben. Der Ofensetzer, eine Pfeife im Mund, die kurzen Beine bequem gespreizt, stand in der Menge und weidete sich mit lebhafter Neugierde und mit munteren, lachenden Augen an diesem Bild.

Dann bog ratternd ein Fuhrwerk um die Ecke der Hütte und rollte auf die Außentreppe zu – der alte Vater kam vorgefahren und brachte den Wagen zum Stehen. Geschäftig schleppte er die Truhe von der Vortreppe herunter, stellte sie, ohne jemanden eines Blickes zu würdigen, in den Kutschkasten, auf das Stroh, der Soldat umarmte rasch und unvermittelt die Mutter, stieg hinter dem Vater die Treppe hinunter, setzte sich neben die Truhe und brach mit einem Mal, den Kopf auf die Truhe gesenkt, in Schluchzen aus. Die Frau des Soldaten kletterte ihm hinterher in das Fuhrwerk, fiel hinein und begann, aus Leibeskräften durch das ganze Dorf zu schreien. Der Alte packte bedrückt die Zügel, gab dem Pferd mit einem Ruck ein Zeichen und sprang im Laufen seitwärts auf die Seitenstange des Fuhrwerks ...

Ein hochgewachsener Bursche in einem schmukken grünen Hemd, der mit einer Harmonika in den Händen bei den Mädchen stand und augenscheinlich die Abfahrt kaum erwarten konnte, begann sogleich laut zu spielen. Die Mädchen fielen ein und beklagten den Soldaten. Der Dorfanger weiter vorn leuchtete weiß – schon war das Mondlicht zu erkennen, das sich in das Abendrot mischte.

Der letzte Herbst

I

Am Morgen auf dem Dreschplatz ein Gespräch mit Mischka.

Er hat Heimaturlaub von der Front.

Ein junger Bursche, fast noch ein Knabe, aber er verfügt über einen erstaunlichen russischen Charakterzug: Er redet immer und über alles vollkommen ohne Hoffnung, glaubt an rein gar nichts.

Ich war auf dem Dreschplatz hinter dem Garten, er ging vom Feld her kommend vorüber und führte seine mausgraue Stute am Zügel.

Als er mich sah, bog er vom Weg ab, kam näher und blieb kurz stehen:

»Wie ist das werte Befinden? Gehen Sie die ganze Zeit spazieren?«

»Nein, nicht immer. Wieso?«

»Es gibt doch bloß noch Weiber im Dorf. Die wundern sich alle, daß Sie nicht eingezogen werden. Die behaupten, Sie hätten sich freigekauft. Die Herren haben es gut, sagen sie: Die sitzen bloß die ganze Zeit zu Hause herum, sagen sie!«

»Nicht alle sitzen zu Hause herum. Und es sind nicht weniger Herren umgekommen als euresgleichen.«

»Ja, ich weiß das. Ich habe dort genug gesehen. Aber diese dummen Gänse, was ist von denen schon zu erwarten? Na ja, das ist alles Unsinn. Aber wie steht es jetzt um unsere Sache? Wie sieht es dort aus? Sie lesen doch jeden Tag die Zeitung.«

Ich sagte, momentan sei überall Gefechtspause, aber die Engländer und die Franzosen würden sich langsam vorkämpfen.

Er lächelte traurig.

»Und wir tun also wieder nichts?«

»Was heißt das?«

»Nun ja, wir werden ihn (den Deutschen) wohl nie vertreiben.«

»So Gott will, schaffen wir das.«

»Nein, der bleibt jetzt hier.«

»Na, wenn du meinst!«

»Ist ja auch kein Wunder! Womit sollen wir ihn auch vertreiben? Wir haben keine Kanonen, nur Sechs-Zoll-Mörser.«

»Wie kommst du denn darauf?«

»Die Flieger sagen das. Und ich weiß es auch selbst.«

»Nein, wir haben jetzt von allem genug. Auch Kanonen und Granaten.«

»Nein, bloß Sechszöller. Aber Transportmittel für die Festungsartillerie haben wir keine.«

»Das stimmt auch nicht.«

»Ach nein? Kann man sie vielleicht mit Pferden über einen Weg wie diesen hier befördern? Dann stranguliert man nur die Pferde. Wie will man Geschütze rausziehen, wenn sie zwei Arschin tief in die Erde eingesunken sind und der Lafettenschwanz in dem Matsch nicht mal zu sehen ist? Nein, der Deutsche macht das viel besser!«

»Wie denn?«

»Der Deutsche hat Schienen verlegt – und befördert ein ums andere Geschütz. Aber unsere Truppen? Unsere regulären Truppen, die richtigen, zaristischen Truppen, die wir hatten, die sind alle dort geblieben, und die Landwehr – was sind das schon für Truppen? Wenn man sie in Stellung bringt, laufen sie in alle Richtungen auseinander. Die Hosen festgehalten und ab durch die Mitte. Wie ein Mann.«

»Jetzt übertreibst du aber!«

»Die reine Wahrheit sage ich Ihnen! Überlegen

Sie doch mal: Wer will denn sterben, wenn er zu Hause genug zu fressen hat? Heutzutage hat jede Frau hundert oder zweihundert Silberrubel versteckt. Noch nie im Leben haben die Leute so gut gelebt. Und da sagen Sie – sterben! Dazu geht es uns jetzt viel zu gut!«

Er winkte ab, zog das Pferd am Zügel und ging weiter, ohne sich zu verabschieden.

Ein heller Morgen, auf den schwarz verfärbten, beinahe kahlen Weiden, auf ihren Zweigen und ihrem welken Laub glitzert Flitter von getautem Frost. Auf den Dreschplätzen flammen die frischen Heuschober goldrot, ganze Schwärme satter Tauben ziehen vorüber und geben einem das Gefühl von glücklichem Herbst, von Ruhe und Zufriedenheit – es stimmt: »genug zu fressen«. In der Ferne, bei uns, leuchtet durch den blaugrauen Dunst des morgendlichen Gartens sanft und unbeschreiblich schön der rote Ahorn.

II

Nach dem Abendessen ging ich durchs Dorf. Es war dunkel, eine frische, kühle Nacht.

Unterwegs sah ich vom Hang her kleine Lichter

weiter unten, an der Wassermühle bei Pjotr Archipow. Ich ging dorthin.

Unten angekommen, trat ich an das offene Tor des aus Balken gefügten Gebäudes. Drinnen lärmt und zittert alles – die Mühle ist in Betrieb. Bei den Mühlsteinen steht eine mehlbestäubte Laterne, die in der mit Mehlstaub gesättigten Luft ein trübes Licht abgibt, aber oberhalb des Balkengevierts – es hat keine Decke – und ringsum in den Ecken herrscht tiefe Finsternis. Es riecht auch nach Mehl, ein klammer Geruch nach Getreide.

Pjotr Archipow sitzt neben der Laterne und sieht beinahe aus wie Tolstoi. Ein langer, mehlweißer Bart, ein mehlweißer Halbpelz, eine Schirmmütze, ganz weiß, tief in die Stirn gezogen. Scharfe, ernste Augen.

Ihm gegenüber, auf einem Baumstumpf, hockt ein krausköpfiger Bauer, den ich nicht kenne. Die Ellbogen auf die Knie gestützt, raucht er und blickt zu Boden.

Wir begrüßten uns, und ich setzte mich dazu.

»Wir sprachen gerade vom Krieg«, sagte Pjotr Archipow durch den Lärm der Mühle. »Er hier glaubt an rein gar nichts, verspricht sich keinen einzigen Sieg für uns.«

Der Bauer hob den Kopf und grinste hämisch.

»Und du selbst, Pjotr Archipytsch? Versprichst du dir auch keinen Sieg?«

Er warf mir einen kalten Blick zu.

»Ich? Ich weiß es nicht. Sollen die doch Krieg führen. Führt Krieg nach Herzenslust. Das, ihr Herren Adlige, ist eure Sache.«

»Und warum?«

»Darum. Wir Bauern brauchen nur eines: keine freiwilligen Abgaben, keine Zwangsrequirierungen. Daß keiner kommt und beschlagnahmt, was uns gehört. Nicht der Deutsche, nicht unsere eigenen Leute. Jawohl.«

Er schwieg eine Weile und fing dann mit gegen den Lärm erhobener Stimme wieder an:

»Jawohl. Letzte Woche kam nämlich so einer mit Schulterklappen – her mit den Söhnen, her mit dem Getreide … her mit allem! Wenn unsere Sache schon verloren ist, sollen sie sich doch irgendwie einigen und basta! Mikolai Mikolaitsch der Jüngere, das ist ein Kämpfer. Ach, sagen die Soldaten, was für ein Mann! Für die Gerechtigkeit ist es ihm um den eigenen Vater nicht schade. Nachts steht er ganz leise auf, damit kein General sich ihm an die Fersen heftet, und macht eine Runde durch die Schützengräben. Den einfachen Soldaten sagt er: ›Ich grüße euch, Freunde! Ihr könnt euch felsenfest auf mich verlassen. Euretwegen bleibe ich nachts wach!‹ Den Herren Offizieren aber, wenn er sie beim Kartenspielen und Nichtstun erwischt, haut er ohne viel Federlesens mit seinem Säbel den Kopf ab! Das ist ein Kämpfer!«

Eine Weile schwieg er finster, dann stand er auf und ging zu dem rüttelnden Mehlauslauf, aus dem in einem grauen Strahl das Mehl rieselte. Er nahm eine Handvoll, knetete es, roch daran und fragte, ja schrie fast:

»Na, und dieser Mann, wo ist er jetzt eigentlich?«
»Wer?«
»Suchomlin.«

Der krausköpfige Bauer, der auf dem Baumstumpf seine Pfeife rauchte, stieß einen Pfiff aus und winkte lachend ab:

»Sieh mal an!« sagte er. »Das fällt dir ja früh ein! Der ist jetzt weg vom Fenster! Den haben sie längst weggesperrt.«

Pjotr Archipow blickte streng zu ihm hinüber, auf seine Schultern, seinen Kopf, und dann noch strenger zu mir:

»Wo kann so jemand Ihrer Meinung nach sein? Und was sollte so jemand sein? Was kann so jemand für Rußland sein? Was hat er für das Land getan? Wer ist denn schuld, daß dort jetzt Millionen liegen und verrotten?«

Er schüttelte die Hände aus, wischte sie an seinem Halbpelz ab, setzte sich wieder hin und schwieg wieder. Dann sagte er im selben Tonfall, aber etwas ruhiger:

»Ja. Was denkt man dort von uns Bauern? Denen kann man zusetzen, so viel man will, aber uns, die Herren, darf man nicht anrühren – wir sind von hohem Stand. Sollen sie ruhig vermodern, von diesen Idioten kann man noch Tausende produzieren. Jetzt werden wieder welche eingezogen, und wozu? Um auch noch die letzten umzubringen? Sie, gnädiger Herr«, fragte er herausfordernd und laut, »sagen Sie uns doch ganz offen, was Ihre Aufgabe ist: uns alle umzubringen, das Vieh abzuschlachten und in den Schützengräben verrecken zu lassen?«

»Pjotr Archipytsch, schämst du dich nicht? Du bist doch ein kluger Mann!«

»Klug!« sagte er und geriet etwas aus dem Konzept, bis er plötzlich wieder die Brauen hochzog und die Stimme erhob:

»Sie haben gut reden. Aber ich habe schon zwei Monate keinen Brief von meinem Sohn. Wo ist er jetzt, was ist er jetzt? Ein Leichnam? Und dann, wenn alle tot sind, was werden Sie dann tun? Dann kommen Sie natürlich an und sagen dem Zaren: ›Sieh nur, Majestät, wo ist jetzt deine Macht? Du hast nichts mehr, alles leer, ein einziges glattes Feld!‹«

Der Streit

Lawrenti
Ich konnte immer die ganze Familie mitsamt der Nachkommenschaft versorgen. Ich habe von diesem Land sechs Parzellen gehalten, als die Herren noch mit Stöcken schlugen, und jetzt soll ich es dir hergeben?

Hinkebein
Aber du hast es doch *mir* weggenommen! Hast mich ausgehungert! Ich habe dieses Land mit meinem Blut begossen!

Lawrenti
Du hast es mir verkauft!

Hinkebein
Weggenommen hast du es mir! Gekauft!

Lawrenti

Du hast verkauft, und ich habe gekauft. Und jetzt willst du also der Besitzer sein? Ich habe Geld dafür gegeben. Natürlich liegt es mir am Herzen! Ich bin davon grau geworden, mein Bruder ist erblindet, mein Vater ins Grab gegangen. So erwirbt man sich Kapital!

Hinkebein

Ja-a, genau so! Zwei Desjatinen hast du genommen, eine für Geld, die andere für ein Prozent.

Lawrenti

Ach – habe ich dir das Land etwa mit Gewalt weggenommen? Du hast es mir selbst gegeben. Die Armut hat es gegeben. Die Armut hat dich gezwungen.

Hinkebein

Natürlich die Armut! Aber die hast du ja vergessen! Du hast doch bloß zusammengerafft!

Lawrenti

Zusammengerafft! Schau dir doch an, wie viele von euren Wechseln bei mir herumliegen und nicht eingelöst werden. Ihr Bauern seid doch alle Pack.

Hinkebein
Und was bist du? Etwa kein Bauer? Etwa kein Pack?

Lawrenti
Ich bin ein Herr. Ich halte mein Wort. Du und deinesgleichen, ihr Habenichtse, ihr seid Pack. Und wenn sich einer vor meinen Augen an der Zitterpappel aufhängt, kümmert mich das einen Pfifferling. Was muß der Hundesohn auch Treber von der Tenne klauen?

Hinkebein
Und du selbst, warum hast du geklaut?

Lawrenti
Ich habe nicht geklaut, ich habe dafür bezahlt. Ich wollte für mein gutes Geld etwas haben und bin nicht über die Tennen gezogen und klauen gegangen.

Hinkebein
Trotzdem hast du geklaut! Hast das erste Gebot vergessen!

Lawrenti
Ach du gütiger Gott!

Hinkebein
Ja, alle hast du beklaut, ganze Fuhrwerke abgeschleppt, Prozente genommen, dich gegen alle durchgesetzt, ohne Rücksicht auf Verluste!

Lawrenti
Ich habe nächtelang nicht geschlafen, mir meine Wirtschaft aufgebaut.

Hinkebein
Sei still! »Nächtelang nicht geschlafen! Meine Wirtschaft aufgebaut!« Und warum hast du nicht geschlafen? Warum eine Wirtschaft aufgebaut? Dem Teufel zuliebe? Willst du es vor dem Tod zu Fladen verbakken und fressen, dein Geld? Ich bin achtzig Jahre alt ...

Lawrenti
Du wirst mich überleben. Du hast zähe Knochen. Dir kann keine Krankheit etwas anhaben.

Hinkebein
Die Knochen hat der Herr mir gegeben, weil ich arm bin, aber meinen letzten Sohn hat eure Volksregierung geholt, die Augen sollen ihnen ausfallen!

Lawrenti

Wahrhaftig, das war schön dumm von dieser neuen Regierung, daß sie dir den letzten Sohn genommen haben, einem armen alten Krüppel.

Hinkebein

Und solche Krüppel gibt es viele!

Lawrenti

Du sagst es! Sie versuchen, sie der Reihe nach zu nehmen. Aber sie stellen sich natürlich dumm an. Die haben doch keine Ahnung vom Regieren, vom Herrschen. Was sind das für Herrscher, die nicht mal zwei und zwei zusammenzählen können?

Hinkebein

Ha! Ganz genau! Zu den Soldaten haben sie ihn geholt, aber von seiner Ausbildung, seiner Ehrsamkeit her – wo hätte er hingehört? Bei jedem gnädigen Herrn hätte er Schreiber im Landwirtschaftskontor sein können! Die Soldaten hätten alle ihr Gewehr im Stich lassen sollen und ab nach Hause!

Lawrenti

Das Gewehr darf man nicht im Stich lassen, sonst gibt es ein Durcheinander.

Hinkebein

Aber für wen sollen sie jetzt kämpfen? Unser Staat ist sowieso verloren!

Lawrenti

Das stimmt, allerdings! Ohne Hirten ist auch die Herde verloren. Dabei ist das Tier schlauer als der Mensch.

Hinkebein

Ha! Ganz genau! Auf wen haben sie denn den Treueeid geleistet, deine Soldaten? Früher auf den erhabenen Gott und den erhabenen Zaren, aber jetzt? Auf Wanka vielleicht?

Lawrenti

Auf den ist kein Verlaß. Der hat doch nur Flausen im Kopf.

Hinkebein
Wir haben einen Treueeid auf den Dienst geleistet, und die Adligen den Untertaneneid, und heute? Hokken sie vor Wanka und wedeln mit dem Schwanz! Na ja, das Vermögen ist futsch, na ja, das Gut ist durchgebracht, aber die Ehre hochhalten, die Hellebarde nicht sinken lassen! Dich konnten die Herren nicht mit Stöcken schlagen, du bist zu jung, hast die Leibeigenschaft nicht mehr erlebt, aber ich wohl, ich weiß Bescheid! Einen wie dich, auch wenn du Bürgermeister wärst, hätte man einfach prügeln müssen, du hast nie gehorcht, hast es immer darauf angelegt, den Herrn zu bestehlen, aber mich haben die Herren nicht angerührt. Du bist ein Maulwurf, du hast Schaufelkrallen!

Lawrenti
Sie sind auch so alle längst davongelaufen, deine Soldaten. Sitzen in ihren Dörfern, warten auf Plünderung.

Hinkebein
Natürlich sitzen sie da! Früher gab es einen Staat, aber heute? Wem sollen sie dienen? Früher mußte jeder zum festgesetzten Termin erscheinen, und wenn nicht, Haltung annehmen, Meldung machen! Jetzt

geht sowieso alles den Bach hinunter, jetzt können wir wieder von vorne anfangen, einen Stein auf den anderen bauen!

Lawrenti
Ach du gütiger Gott! Und wer soll da bauen?

Hinkebein
Na wer wohl, was meinst du? Du vielleicht? So ein Blödsinn! Der Herr, und nicht du! Der Herr!

Lawrenti
Einen wie dich läßt der Herr da nicht ran. Bei dir geht es sowieso schief. Dir kann man einen goldenen Palast geben, du läßt ihn mit Kletten zuwuchern. Wenn du nur auf der Schaleika spielen und tüchtige Menschen verleumden kannst. Na, ich bin ein Maulwurf, und was bist du? Gute Gerechte des Herrn haben Leute wie dich für eure Fahrlässigkeit am verlausten Haarschopf gezogen.

Hinkebein
Nicht alle, was redest du denn da! Gerechte gibt es verschiedene! Sie verabscheuen selbst Reichtümer!

Lawrenti
Für sich selbst haben sie sie verabscheut, aber uns haben sie befohlen, ihre Nachkommenschaft zu füttern. Den Staat zu ernähren.

Hinkebein
Für keinen goldenen Palast der Welt gehe ich unter deinen Wanka-Staat!

Lawrenti
Ich bin kein Wanka, ich bin ein Herr.

Hinkebein
Soll dir doch der Wanst platzen mit deiner Wirtschaft!

Das Hinscheiden

I

Der Fürst starb am frühen Abend des neunundzwanzigsten August. Er starb, wie er gelebt hatte – in völliger Einsamkeit.

Die Sonne, die sich vor dem Abendrot golden färbte, glitt immer wieder hinter die zarten, dunklen, wie Inseln über die fernen Felder im Westen hingetupften Wolken. Es war ein ganz gewöhnlicher, friedlicher Abend. Der weite Hof des Gutshauses war leer, im Haus, das über den Sommer noch altersschwächer geworden zu sein schien, war es sehr still.

Die Bettler, die durchs Dorf zogen, erfuhren früher als alle anderen vom Tod des Fürsten. Sie tauchten an den zerfallenen steinernen Säulen der Einfahrt zum Gutshaus auf und begannen unharmonisch, mit verschiedenen Stimmen, das alte geistliche Gebet *Zum Hinscheiden der Seele aus dem Körper* zu singen. Sie waren zu dritt: ein pockennarbiger Bursche in einem azurblauen Hemd mit Dreiviertelärmeln, ein alter

Mann, sehr aufrecht und hochgewachsen, und ein sonnenverbranntes Mädchen von etwa fünfzehn Jahren, das indes schon Mutter war. Sie trug ein schläfriges Kind in den Armen, das die Brustwarze ihrer kleinen Brust im Mund hielt, und sang laut und teilnahmslos. Die Männer waren beide blind und zeigten Hornhauttrübungen; das Mädchen hatte klare, dunkle Augen.

Im Haus wurden Türen geschlagen. Natascha kam auf die Freitreppe herausgesprungen und sauste wie ein Wirbelwind über den Hof zur Gesindekate; aus dem sperrangelweit geöffneten Haus hörte man die Wanduhr bedächtig sechs schlagen. Einen Augenblick darauf rannte schon der Knecht über den Hof und fuhr im Laufen in die Ärmel seines Bauernmantels – das Pferd satteln, ins Dorf galoppieren, um die Klageweiber zu holen. Die Pilgerin Anjuta, die auf dem Gut zu Gast war und mit ihrem kurzgeschorenen Kopf aussah wie ein Knabe, lehnte sich aus dem kleinen Fenster der Gesindekate, klatschte in die Hände und rief ihm irgendetwas hinterher – einfältig, stammelnd und ganz außer sich.

Als der junge Bestuschew zu dem Verstorbenen ins Zimmer trat, lag dieser rücklings auf dem altertümlichen Bett aus Nußbaumholz unter einer alten, roten

Atlasdecke, den Kragen des Nachthemds geöffnet, die reglosen, wie berauschten Augen halb offenstehend und das dunkle, bleiche, seit langem nicht rasierte Gesicht mit dem üppigen, grau durchzogenen Bart nach hinten ins Kissen zurückgeworfen. Die Läden in diesem Zimmer waren auf seinen Wunsch hin beinahe den ganzen Sommer über geschlossen gewesen – nun wurden sie geöffnet. Auf der Kommode neben dem Bett brannte gelb eine Kerze. Den Kopf zur Schulter geneigt, fixierte Bestuschew mit pochendem Herzen begierig dieses Seltsame, schon Erkaltete, das im Bett eingesunken war.

Die Läden wurden einer nach dem anderen geöffnet. Zu den Fenstern herein leuchtete von fern der orangerot in den Wolken verglimmende Sonnenuntergang durch das dunkle Geäst der alten Nadelbäume im Vorgarten. Bestuschew wandte sich ab von dem Verstorbenen und öffnete eines der Fenster. Merklich frische Luft strömte in das Zimmer, in den abgestandenen, schweren Geruch der Medikamente. Die verweinte Natascha kam herein und begann, all das hinauszutragen, was der Fürst eine Woche zuvor in einem plötzlichen Anfall ängstlicher Habgier hereinzutragen und vor seinen Augen auf Tischen und Sesseln auszulegen befohlen hatte: den abgenutzten

Kosakensattel, das Zaumzeug, das kupferne Jagdhorn, die Hundekoppel, die Patronentasche. Ohne sich noch darum zu scheren, ob sie klapperte und mit der Kandare oder den Steigbügeln klirrte, verrichtete sie ihre Sache mit hartem, strengem Gesicht und blies, als sie an der Kommode vorüberging, resolut die Kerze aus ... Der Fürst war starr, und starr waren seine halb geschlossenen Augen, die leicht zu schielen schienen. Eine abendliche, trockene Wärme, durchzogen mit einem kühlen Hauch vom Fluß her, erfüllte den Raum. Die Sonne war erloschen, alles war verblaßt. Die Nadelbäume im Vorgarten standen kalt und düster vor dem durchscheinenden, oben grünlichen, unten safrangelben Meer des fernen Sonnenuntergangs. Draußen zwitscherte ein Vogel, und sein Zwitschern schien sehr schrill.

»Wozu trauern?« bemerkte Natascha ernst, als sie wieder hereinkam, eine Schublade der Kommode herauszog und ihr saubere Bettwäsche, Laken und einen Kissenbezug entnahm. »Der Herr ist friedlich gestorben, Gott gebe, daß es allen so ergeht! Aber trauern um ihn wird niemand, er hinterläßt niemanden«, setzte sie hinzu und ging wieder hinaus.

Bestuschew saß auf der Fensterbank und blickte immerfort in die dunkle Ecke, zu dem Bett, wo der

Verstorbene lag. Er versuchte, etwas zu begreifen, einen klaren Gedanken zu fassen, einen Schauder zu empfinden. Aber da war kein Schauder. Da war nur ein Gefühl des Erstaunens, der Unfähigkeit, das Geschehene zu begreifen, zu erfassen ... War wirklich alles vorbei, konnte man jetzt in diesem Schlafzimmer so frei sprechen, wie es Natascha tat? Allerdings, überlegte Bestuschew, hatte sie auch vorher schon, den ganzen letzten Monat hindurch, mit der gleichen Freizügigkeit – als habe der Fürst den Kreis der Lebenden bereits verlassen – über ihn gesprochen.

Vom Hof her, aus der Dämmerung roch es schwach und außerordentlich angenehm nach Rauch. Das war beruhigend, sprach von der Erde, vom fortdauernden, einfachen menschlichen Leben. In den dunklen Wiesen am Fluß klapperte gleichmäßig die Wassermühle ... Vor einer Woche hatte der Fürst dort beim Tor gesessen, auf einem alten Mühlstein – mit Mütze und Fuchsfellmantel, hager, dunkle Schatten im Gesicht, vornübergebeugt und die Hände auf den grauen, porösen Stein gestützt. Ein alter Mann, der ein paar Maß der neuen Getreideernte zum Mahlen brachte, blickte, während er die Sackleinwand ausrollte, mit gerunzelter Stirn zu ihm hinüber. »Du bist ja nur noch Haut und Knochen!« sagte er kalt und verächtlich zum Fürsten, obwohl er früher stets ehrerbietig mit ihm gesprochen hatte. »Zu nichts mehr zu gebrauchen! Nein, du machst es nicht mehr lange. Bist sicher bald siebzig?« »Einundfünfzig«, sagte der Fürst, »was soll das, du kennst mich doch.« – »Einundfünfzig!« spottete der Alte, während er mit der Sackleinwand hantierte. »Das kann nicht sein«, erklärte er bestimmt, »du bist viel älter als ich.« – »Du Narr!« schmunzelte der Fürst. »Wir sind doch zusammen aufgewachsen.« – »Na, mag sein, jedenfalls hast du nicht mehr lange zu leben«, sagte der Alte, straffte sich, hob das schwere Roggenmaß, hielt es gegen seine Brust gedrückt und lief hastig und mit gebeugten Knien in die klappernde, mehlweiße Mühle hinüber …

»Gehen Sie jetzt, junger Herr«, forderte Natascha ihn ungerührt, aber bedeutungsvoll auf, als sie mit einem Eimer voll heißem Wasser hereinkam.

Und dieser Eimer, diese Worte machten Bestuschew mit einem Mal schaudern. Er stand vom Fensterbrett auf und ging, ohne Natascha anzusehen, durch den an das Zimmer des Verstorbenen grenzenden Vorraum hinaus auf die hintere Treppe. Im Halbdunkel wuschen die alten Frauen aus dem Dorf, Jewgenija und Agafja, sich die Hände: Die eine goß

Wasser aus einem Krug, die andere stand gebückt, den Saum ihres dunklen Kleides zwischen die Knie geklemmt, rieb sich die Hände, um das Wasser abzustreifen, und schüttelte die Finger aus. Das war noch schauderhafter. Bestuschew ging schnellen Schrittes an ihnen vorbei in den trockenen, schon herbstlich lichten Garten, der durch den zwischen den fernen Bäumen gerade aufgehenden runden, riesigen, spiegelgleichen Mond von unten her geheimnisvoll beleuchtet wurde.

II

In der neunten Stunde war das Zimmer, in dem der Fürst verstorben war, wieder in Ordnung gebracht und aufgeräumt, das Bett war nicht mehr da, es roch nach frisch gewischten Böden. Auf den Tischen, die quer zur vorderen Zimmerecke aufgestellt waren, unter den alten Heiligenbildern nahe beim Fenster, dessen obere Scheibe im Mondlicht silbern glänzte, erhob sich unter einem Laken der Leichnam, der sehr groß erschien. Drei dicke Kerzen in hohen Kirchenleuchtern brannten durchscheinend zu seinen Häupten, flackerten mit kristallenem Dunst. Tischka, der Sohn des Kirchendieners Semjon, gewaschen und gekämmt, in einem neuen Wams, las klagend und eilig aus den Psalmen vor. »Lobet den Herrn vom Himmel her«, las er, die Klageweiber imitierend, »lobet ihn, alle seine Engel, lobet ihn, alle seine Scharen ...« Dunkel und dunstig flackerten auf den Kerzen die durchscheinenden Lanzen der Flammen, golden und mit hellblauem Docht.

Im Haus war nur im Dienerzimmer Licht. Dort stand unter dem Fenster ein Tisch, auf dem ein Samowar brodelte. Natascha, blaß und ernst, angetan mit einem schwarzen Tuch, Jewgenija, die aussah wie der Tod, die traurige, bescheidene Agafja, der Zimmermann Grigori, der in der Scheune schon begonnen hatte, den Sarg zu schreinern, und der Kirchendiener Semjon, ein alter Mann mit trüben, bleigrauen Augen, die vom ständigen Lesen der Sterbegebete bei flackerndem Kerzenlicht verdorben waren, tranken Tee. Semjon, der seinen Sohn ablösen sollte, hatte sein eigenes Buch dabei, das in derbes, fast wie Holz wirkendes schwarzbraunes Leder gebunden, voller Wachsflecken und an den Seitenrändern stellenweise angesengt war.

»Egal wie schlecht man lebt, es ist trotzdem schwer, von der weiten Welt zu scheiden«, sagte

Agafja traurig und goß sich Tee aus der Tasse in ein Schälchen.

»Natürlich ist es schwer«, sagte Grigori. »Wenn er es gewußt hätte, hätte er anders gelebt, Haus und Hof verjubelt. Aber so hat man immer Angst, sein Geld auszugeben, denkt, aufs Alter hin hat man keine Bleibe mehr ... Und siehe da, er hat das Alter nicht mehr erlebt.«

»Unser Leben fließt dahin wie eine Welle«, bemerkte Semjon. »Dem Tod, so steht es geschrieben, muß man voll Freude und Ehrfurcht begegnen.«

»Dem Hinscheiden, nicht dem Tod, mein Lieber«, verbesserte Jewgenija trocken und belehrend.

»Ehrfurcht hin oder her, sterben will jedenfalls niemand«, sagte Grigori. »Jeder noch so kleine Käfer fürchtet den Tod. Die haben schließlich auch ein Seelenleben.«

»Nicht ein Seelenleben, Väterchen, sondern eine Seele«, sagte Jewgenija noch belehrender.

Als Semjon die letzte Tasse ausgetrunken hatte, schüttelte er den Kopf und warf die verschwitzten dunkelgrauen Haare aus der Stirn, stand auf, bekreuzigte sich, nahm den Psalter und ging auf Zehenspitzen durch den dunklen Saal und das dunkle Speisezimmer zu dem Verstorbenen.

»Geh nur, geh nur, mein Lieber«, sagte Jewgenija ihm hinterher. »Lies nur schön fleißig. Wenn einer gut liest, fallen die Sünden vom Sünder ab wie das Laub vom trockenen Baum.«

Semjon löste Tischka ab, setzte seine Brille auf und zupfte, scharf durch die Brillengläser blickend, mit den Fingern sachte das Wachs von den schmelzenden Kerzen, dann bekreuzigte er sich bedächtig, öffnete auf dem Lesepult das Buch und begann leise, mit inniger, trauriger Eindringlichkeit zu lesen, wobei er nur an einigen Stellen mahnend die Stimme erhob.

Die Tür zum Vorraum an der Hintertreppe stand offen. Beim Lesen hörte Semjon auf der Treppe jemanden mit den Füßen aufstampfen: Zwei Mädchen waren gekommen, um den Verstorbenen anzusehen, beide schön angezogen und in neuen, festen Schuhen. Sie traten schüchtern und fröhlich ins Zimmer und flüsterten miteinander. Sich bekreuzigend und bemüht, nicht zu fest aufzutreten, ging die eine mit unter der neuen rosaroten Strickjacke wogenden Brüsten zum Tisch und schlug das Laken vom Gesicht des Fürsten zurück. Der Kerzenschein fiel auf die Strickjacke, das erschrockene Gesicht des Mädchens wurde bleich und schön in diesem Schein, und das tote Gesicht des Fürsten leuchtete auf wie beinern. Der üppige graue

Bart, der während der Krankheit noch gewachsen war, wirkte schon durchscheinend, in den nicht ganz geschlossenen Augen schimmerte dunkel etwas Flüssiges ...

Tischka rauchte gierig im Flur und wartete darauf, daß die Mädchen wieder herauskamen. Sie schlüpften an ihm vorbei und taten so, als würden sie ihn nicht bemerken. Die eine lief die Treppe hinunter, die andere, die in der rosaroten Strickjacke, bekam er zu fassen. Sie riß sich los und zischte:

»Bist du verrückt? Laß mich! Oder ich sage es deinem Vater ...«

Tischka ließ sie los. Sie lief in Richtung Garten. Der Mond, nun schon nicht mehr so groß, stand weiß und hell hoch über dem dunklen Garten, und in seinem Licht glänzte das glatte Eisen auf dem Dach der Banja golden. Im Schatten des Gartens drehte das Mädchen sich um und sagte mit einem Blick zum Himmel:

»Was für eine Nacht, du meine Güte!«

Ihre glückliche Stimme klang bezaubernd und mit fröhlicher Zärtlichkeit durch die stille Nachtluft.

III

Bestuschew durchmaß den Hof von einem Ende zum anderen. Vom Hof, der verlassen und weiträumig im Mondlicht lag, blickte er auf die Lichter im Dorf jenseits des Flusses, auf die hellen Fenster der Gesindekate, wo die Stimmen der Leute, die zu Abend aßen, zu hören waren. In der Scheune stand das Tor weit offen, und es brannte eine zerbrochene Laterne, die auf den Bock des Kutschwagens gestellt war. Grigori, vorgebeugt und einen Fuß zurückgestellt, sauste mit dem Hobel über ein in die alte Werkbank eingespanntes Brett hin und her. Das rauchigrote Licht in der Laterne flackerte, und es flackerten die Schatten in der dämmrigen Scheune …

Als Bestuschew für einen Moment am Scheunentor stehenblieb, hob Grigori das erhitzte Gesicht und sagte, mit dem Kopf auf die neben ihm stehende längliche weiße Kiste deutend, fröhlich und mit einem Anflug von liebevollem Stolz:

»Der Deckel ist schon fast fertig …«

Danach stand Bestuschew mit den Ellbogen aufgestützt eine Weile am offenen Fenster der Gesindekate. Die Köchin räumte die Reste des Abendessens vom Tisch und wischte mit einem Lappen hinterher.

Die Hirten, halbwüchsige Burschen, waren im Begriff, schlafen zu gehen: Mitka stand barfuß auf der mit frischem Stroh ausgelegten Pritsche und betete, Wanka mitten in der Kate. Der rotblonde, struppige Ofensetzer, breitschultrig und sehr klein gewachsen, der aus dem Dorf jenseits des Flusses gekommen war, um am nächsten Tag die abblätternden Wände in der fürstlichen Gruft auszubessern, saß in seinem schwarzen, mit Mörtel getüpfelten Hemd auf der Bank und drehte sich eine Zigarette.

Anjuta stammelte einfältig und ganz außer sich vom Ofen herunter:

»Nun bist du tot, Euer Erlaucht, hast dir nichts zu Häupten gelegt ... Hast mir schließlich doch nichts gegeben ... Hab nichts, hab nichts, warte ab, warte ab ... Jetzt kannst du warten ... Warte du ... Warte jetzt! Hast du gewartet, mein Lieber? Hast du dir viel zu Häupten gelegt? Hast du jetzt kapiert, was du zu Häupten hast, du Dummkopf? Hättest mir zwei Rubelchen geben können, zum Bedecken für meinen Körper! Ich bin ein Krüppel, eine Mißgeburt. Hab keinen. Sieh mal meine Brust!«

Sie riß die Jacke auf und zeigte ihre nackte Brust:

»Ganz nackt. So ist das, du Dummkopf! Und ich hab dich geliebt in alten Zeiten, hab mich gesehnt nach dir, du warst so schön, so fröhlich und freundlich, das reinste Fräulein! Deine ganze Jugend über hast du dich umgebracht für deine Ljudmilotschka, aber die hat dich Dummkopf immer nur gepiesackt und ist dann mit einem anderen zum Altar marschiert. Wegen ihr hast du dich ins Verderben gestürzt, bist zum Säufer geworden, ich allein hab dich wirklich geliebt, aber das hat nur mein Kopfkissen gewußt! Ein Krüppel bin ich, eine Mißgeburt, aber meine Seele ist vielleicht die von einem Engel, einem Erzengel, ich allein hab dich geliebt, ich allein sitze hier und freue mich über dein sterbliches Ende ...« Fröhlich und unbändig fing sie an zu lachen und zu weinen.

»Gehen wir den Psalter lesen, Anjuta«, sagte der Ofensetzer laut und in einem Tonfall, wie man ihn zur Belustigung anderer Kindern gegenüber anschlägt. »Kommst du, hast du auch keine Angst?«

»Idiot! Wären meine Beine heile, würde ich auch gehen, was ist denn schon dabei?« krähte Anjuta unter Tränen. »Es ist eine Sünde, wenn man Angst hat vor den Toten! Sie sind heilig und keusch.«

»Ich hab keine Angst vor ihnen«, erklärte der Ofensetzer vollmundig und steckte seine Zigarette an, die grünlich aufglühte. »Ich würde mich sogar mit dir für eine ganze Nacht in die Gruft legen ...«

Anjuta hörte ihm gar nicht zu, sie schluchzte erregt und fuhr sich mit der Strickjacke durchs Gesicht.

Ohne das helle schöne Reich der Nacht zu stören, es vielmehr noch verschönernd, fielen die zarten Schatten der über den Mond hinziehenden weißen Wölkchen auf den Hof, und der Mond glitt in der Tiefe des klaren Himmels strahlend über sie hinweg, über das schimmernde Dach des dunklen alten Hauses, wo nur noch das äußerste Fenster leuchtete – zu Häupten des seligen Fürsten.

Ein Wintertraum

Als er bei Tage einen Spaziergang machte, schlenderte Iwljew über den Dorfanger an der Schule vorbei.

Auf der Vortreppe stand die Lehrerin und sah ihn mit unverwandtem Blick an.

Sie trug einen kurzen, seitlich geknöpften dunkelblauen Mantel, der mit weißem Lammfell besetzt und mit einer roten Schärpe gegürtet war, und eine weiße Papacha.

Später lag er in seinem Kabinett auf der Ottomane.

Draußen herrschte Schneefegen, bei greller Sonne und hohen, leuchtenden Wolken.

Die Sonne heizte die blinkenden Fensterscheiben im Wohnzimmer kräftig auf.

Nur im Kabinett war es kalt und bläulich-trüb schimmernd – die Fenster gingen nach Norden.

Dafür lag der Garten draußen vor den Fenstern im vollen Sonnenlicht.

Iwljew hatte den Ellbogen auf das abgenutzte Saffiankissen gestützt und blickte auf die rauchenden

Schneewehen und das kahle, wirre Geäst, das sich gegen die Sonne rötlichschwarz vor dem kornblumenblauen Himmel abzeichnete.

Über die Schneewehen und die grünen Tannen, die aus ihnen aufragten, fegte dichter, goldener Schneestaub. Während Iwljew hinausblickte, grübelte er:

»Wo könnte ich nur der Lehrerin begegnen? Vielleicht sollte ich zu Wukols Hütte fahren.«

Im selben Moment erschien im Garten, im stiebenden Schnee ein großer Mann, der die Allee heraufkam und bis zum Gürtel im Schnee versank: Sein grauer Bart flatterte im Wind, auf dem Kopf, auf den langen, geraden Haaren, eine abgewetzte Mütze, an den Füßen Filzstiefel, am Leib nur ein zerschlissenes rosarotes Hemd.

»Ach«, dachte Iwljew erfreut, »bestimmt ist etwas Schlimmes passiert!«

Das war Wukol, ein verarmter, ehemals reicher Mann, der mit seinem Sohn, einem Trinker, in einer einsamen Hütte auf dem Feld hauste.

Wukol stand jetzt im Flur, er weinte und jammerte, sein Sohn würde ihn schlagen, machte eine tiefe Verbeugung vor dem Diener und bat um etwas Tee – und sei es auch nur eine winzige Menge.

»Dafür habe ich mich durch Schnee und Eis gekämpft«, sagte er. »Was soll ich machen, ich habe mich daran gewöhnt, und mein Sohn gibt mir nichts, droht, mich totzuschlagen ...«

Offensichtlich bereitete ihm die Tatsache, daß er früher jeden Tag Tee getrunken und sich daran gewöhnt hatte, weit mehr Kummer als die Schläge und die Grobheit seines Sohnes.

Er war furchtbar und erbärmlich anzusehen und hielt nach Bärenart einen Stock in den blaugefrorenen Händen.

»Gebt ihm Tee«, sagte Iwljew, »und auch Zucker und Weißbrot!«

Wukol kehrte zurück aufs Feld, in seine eisige Hütte; er nutzte die Abwesenheit des Sohnes und zog den grün angelaufenen Samowar unter der Bank hervor, schüttete Eisstückchen aus dem Kübel hinein, spleißte Holz, tunkte die Späne zunächst in Hanföl und steckte sie dann in Brand. Bald begann der Samowar unter dem löchrigen, verrosteten Rohr wild zu summen und zu lodern, und der Alte, der ihn immer noch mehr anheizte, ließ sich zum Teetrinken nieder.

Plötzlich kam sein Sohn herein.

Die Hütte war ganz blau vor Rauch.

Der Alte trank gerade seine zwanzigste Tasse aus.

Und sein Sohn zog ihm mit dem Krückstock so heftig eins über den Scheitel, daß er augenblicklich seine Seele aushauchte.

Da ließ Iwljew ein junges, feuriges Pferd vor den Rennschlitten spannen.

Es war ein rosiger, frostkalter Abend, und Iwljew kleidete sich besonders warm und schön an, ging hinaus und stieg in den Schlitten, und dieser trug ihn über den Dorfanger zur Schule.

Sogleich kam die Lehrerin, die den ganzen Tag auf ihn gewartet hatte, auf die Vortreppe hinaus.

»Wir müssen unbedingt nach Wukol sehen!« rief sie.

Sie trug den kurzen, seitlich geknöpften dunkelblauen Mantel, der mit weißem Lammfell besetzt und mit einer roten Schärpe gegürtet war, und die weiße Papacha. Ihre Augen strahlten in fröhlichem Übermut, ihr Gesicht schien durch die Papacha noch anmutiger und feiner.

Sie lachte und neigte ihr Köpfchen zum Muff, um sich vor dem beißenden Wind zu schützen.

Das Pferd flog dahin wie auf Flügeln.

Hinter ihnen, jenseits der Steppe, ging die Sonne unter.

Das schneebedeckte Feld, das sich vor ihnen ausbreitete, schimmerte grünlich.

Und der Gegenwind brannte ihnen auf Wangen und Brauen wie Feuer.

Iwljew blickte sich um, ob ihnen niemand folgte. Das Feld war leer und dunkelte schon im himbeerroten Licht des Sonnenuntergangs. Er umarmte die Lehrerin und suchte mit den Lippen ihre Wange. Sie lachte noch mehr und ergriff die Zügel.

»Nein«, rief sie, »wir müssen zuerst bei ihm vorbeifahren.«

Einen Augenblick später waren sie bei der dunklen Hütte, die sich im Schnee schwarz abhob.

Gebückt betraten sie den dunklen Flur, ertasteten im Dunkeln den Türgriff.

Die Hütte, die sich vor ihnen auftat, war groß und alt, alles darin war schwarz, ungestalt und klobig.

Die durchhängende Decke, glänzend von Rauch und Ruß, stützte ein gewaltiger, altersschiefer Ofen.

Die auf dem Tisch festgeklebte Wachskerze erhellte diese düstere, unheimliche Bärenhöhle kaum.

Hinter dem Tisch, auf der Bank, stand ein breiter, flacher Sarg, zugedeckt mit Kaliko, auf dem Kaliko, unter der Erhebung, die die auf der Brust gefalteten Hände bildeten, lag ein schwarzes Täfelchen.

»Hab keine Angst!« flüsterte die Lehrerin, die Iwljew fest bei der Hand gepackt hielt und sich eng an ihn schmiegte, mit teuflischer Freude. »Fahren wir, fahren wir!«

Und die Schlittenkufen sirrten wie Schlittschuhe über den gefrorenen Schnee die Anhöhe hinunter. Noch glomm weit vorn in düsterem Purpur das Abendrot, während von hinten schon der eben aufgegangene helle, gläserne Mond das Feld beleuchtete.

Jetzt brausten sie nach Grönland.

Gotami

Eine Erzählung, dreifach wunderschön durch ihre Kürze und Bescheidenheit, ihre Bedeutung und ihre Beschaffenheit, die Erzählung über die Liebe von Gotami, die, ohne selbst davon Kenntnis zu haben, unter den Schutz des Gesegneten kam.

Also vernahmen wir:

In einem dichtbevölkerten Dorf, in einem glücklichen Landstrich, am Fuße des Himalaya, in einer armen, aber ehrenwerten Familie, kam Gotami zur Welt.

Hochgewachsen und von Aussehen her schmal war sie, schlicht von Gemüt und anspruchslos, und die Nachbarn hatten ihr einen boshaften Beinamen gegeben: »Gotami die Dürre« nannten sie sie, aber Gotami war nicht gekränkt. Jeder Anweisung leistete sie Folge, und auf jede Anweisung antwortete sie:

»Gut, lieber Herr, ich will es tun. Gut, liebe Dame, ich will es tun.«

Sie möge uns die Worte verzeihen: Gotami war nicht klug unter den Menschen. Aber sie sagte auch nichts Törichtes – vielleicht, weil sie niemals viel sagte und von morgens bis abends arbeitete. Ihre Kleidung war ärmlich und tagein, tagaus stets dieselbe, aber immer reinlich. Eines Tages erblickte ein Jüngling, überaus reich und schön, der Sohn des großen Herrschers jenes Landstrichs, Gotami am Flußufer, als sie die Wäsche ihrer Schwestern und Brüder wusch, und er erkannte, daß sie nicht klug war und fügsam und daß niemand für sie eintreten würde – nicht einmal ihre Eltern.

So dachte er:

»Was soll man machen«, werden ihre Eltern sagen, »nicht klug ist Gotami, nicht hübsch ist Gotami, nicht wie unsere Tochter sieht sie aus, sondern wie eine Dienerin – wer wird sie zur Frau nehmen? Früher oder später wird sie sich einem Manne hingeben, der sie begehrt: Gotami vermag sich nicht zu widersetzen. Ach, möge dieser Mann Erbarmen zeigen und dem Kind, das sie in die Welt setzt, eine Erziehung angedeihen lassen!«

So dachte der Herrschersohn, der Jüngling.

Und Gotami legte, als sie die Wäsche gewaschen und ausgespült hatte, ihre Kleidung ab, hüllte ihre ganze Gestalt von den Achseln bis zu den Knien in ein altes Tuch, ließ ihr langes schwarzes Haar herab und kauerte sich nieder an dem in der Sonne glitzernden Wasser, wo sie mit einem aufgeweichten Holzspan ihre weißen Zähne reinigte und ihre gebräunten Füße wusch, nicht ahnend, daß der Herrschersohn hinter einem Bambusgebüsch stand und sie beobachtete. Da rief er sie an und sagte im Nähertreten mit einem spöttischen Lächeln und doch zärtlich:

»Du bist anmutig, Gotami, und ganz und gar nicht so dürr, wie man von dir sagt: Ein Mädchen in einfacher Kleidung und von hohem Wuchs wird häufig falsch eingeschätzt. Ich habe vernommen, Gotami, daß du fügsam bist. Widersetze dich mir nicht, um diese heiße Stunde am verlassenen Fluß wird niemand unsere Zärtlichkeiten sehen.«

Gotami war verlegen vor ihm, vor seiner Gewißheit über die Rechtmäßigkeit seines Verlangens, und sie flüsterte zur Antwort:

»Gut, lieber Herr, mag es nach deinem Wunsch sein.«

Der Herrschersohn ergötzte sich an ihr und sah, daß sie besser war, als sie schien, und daß ihre dunklen Augen, auch wenn sie keinen Gedanken Ausdruck gaben und stets gleichbleibend schienen, voller Zauber waren. Danach wiederholten sich ihre Begegnungen in dem Bambushain am Flußufer noch viele Male, und stets war es so, daß Gotami, wann immer der Herrschersohn sie zu sich kommen hieß, ohne Widerstand zu ihm ging und unverändert fügsam und anmutig bei der körperlichen Annäherung und freundlich beim kurzen Gespräch war. Nach Ablauf der gebührenden Zeit fühlte sie, daß sie ein Kind erwartete. Da nahm der Herrschersohn sie zu sich als Konkubine, führte sie mitsamt der ärmlichen Truhe, in der ihr bescheidenes Hab und Gut, der klägliche Wohlstand eines arbeitenden Mädchens, enthalten war, in seinen reichen Palast, und sie verbrachte die gesamte Zeit ihrer Schwangerschaft im Palast.

Als aber der Tag nahte, sagte eine der Hofdamen zu ihr:

»Gotami, eine Ehefrau, die sich anschickt, Mutter zu werden, geht, so verlangt es der Brauch, zum Gebären in ihr Vaterhaus. Du aber bist keine Ehefrau, sondern eine Konkubine. Gehe also nicht in dein Elternhaus, aber verletze auch den Anstand nicht.«

Gotami verbeugte sich vor ihr, stand auf und ging durch eine Pforte in der Lehmmauer des Palastes hinaus.

Als sie die hölzerne Brücke über den nahe gelegenen Kanal überquerte, erblickte sie einen uralten, blinden Bettler, der mit einem Napf in der Hand unter einem Baum saß und nur einen schmutzigen Stofffetzen um die Hüften geschlungen hatte, Arme und Beine, die Brust und den mageren, glänzenden Rücken indes der Gluthitze und den Fliegen aussetzte.

Der Bettler hob sein blindes Gesicht, horchte auf ihre Schritte und lächelte das zärtliche und bittere Lächeln der Weisheit des Alters.

»Gotami!« sprach er zu ihr. »Ich sehe dich nicht, aber ich spüre dein Nahen. Gotami, dein Weg sei gesegnet!«

Sie küßte das Knie des Bettlers und setzte ihren Weg fort, und auf dem Weg, in den heißen, sonnigen Wäldern, inmitten von Atlasbäumen, gebar sie vor der Zeit ihr Kind.

Überglücklich und unter Freudentränen kehrte sie, als sie sich von ihrer Mühsal erholt hatte, mit dem Kind in den Armen zum Palast des Herrschersohns zurück und überließ sich dem Gefühl steter Begeisterung und Ergriffenheit, dem Gefühl einer körperlichen Liebe zu dem Neugeborenen, und der süßen Unrast, dieses Wesen, das wuchs und mit jedem Tag mehr zu Gedanken und Bewußtsein erwachte, zu sehen, zu riechen, zu spüren und an die Brust zu pressen.

»Meine Seele dürstete nach dir!« Diese zärtlichen Worte sprach der Jüngling, als er sich Gotami näherte, nicht zu ihr, obgleich sie ihm lieb war, obgleich man sie mit Musik in den Herrscherpalast gebracht hatte, auf Ochsen, die mit Blumen und Bändern geschmückt waren, obgleich man sie schön gekleidet hatte wie eine Braut, ihre schwarzen Haare glatt gekämmt, ihr Gesicht rot geschminkt und ihre Wimpern schwarz gefärbt.

Und Gotami nahm nach der Geburt des Kindes gehorsam hin, daß der Jüngling ihr gegenüber kälter wurde, und ging ihm aus den Augen, damit er nicht Befangenheit und Schuld empfände, sollte er ihr zufällig begegnen.

Sie lebte fortan innerhalb der Palastmauern, in einer einfachen Hütte am Ufer der Teiche, und übernahm es, die Schwäne zu füttern, die auf den Teichen inmitten von Pflanzen und Blumen schwammen.

So war sie vorerst glücklich, während sie sich, ohne es selbst zu wissen, auf jene großen Kümmernisse vorbereitete, die dieses Glück zwangsläufig ablösen und ihr den einzig wahren Weg weisen würden, zur Bruderschaft der Gelben Robe.

Selig sind die, die demütigen Herzens sind und die Fesseln gelöst haben.

In einem Haus hoher Freude leben wir, die wir nichts in diesem Leben lieben und einem Vogel gleichen, der nichts mit sich trägt als nur die Flügel.

Nachwort

*»Ich bin Schriftsteller. Doch welche Bedeutung hat mein Wort?
Nicht die geringste. [...] Sie schicken Millionen von Menschen
zum Abschlachten, aber wir können uns nur empören, nichts
weiter. [...] Die antike Sklaverei ist eine Lappalie im
Verhältnis zur heutigen.«
Iwan Bunin 1916 im Gespräch mit einem Freund*

Die Jahre der gewaltigen Umwälzungen von 1916 bis 1919 umfassen zwei sehr verschiedene, wenn auch zusammenhängende Ereignisse – den Ersten Weltkrieg und die russische Revolution mit dem Sieg der Bolschewiki und dem folgenden Bürgerkrieg. Doch sind Krieg und Revolution aus dem zeitgenössischen Blickwinkel Iwan Bunins als *eine* große Katastrophe in zwei Phasen zu betrachten. Seine Sicht ist in gewisser Weise eine doppelte: eine menschliche, gesellschaftliche, kulturelle, aber auch eine persönliche. Bunin war immer schon ein in einem tiefen Sinne politisch interessierter Schriftsteller gewesen: Er hatte die Versorgungskrise auf dem Land in den 1890er Jahren, den wachsenden Abstand zwischen dem Land und den boomenden, sich rasant modernisierenden russischen Metropolen, vor allem aber die wachsende Unruhe und Unzufriedenheit und das daraus entstehende Gewaltpotenzial im Land sensibler und ideologiefreier als die meisten anderen Intellektuellen verfolgt. Bunin verstand es, als Erzähler gesellschaftliche Lagen aus Einzelfiguren und ihren Lebensläufen und Schicksalen heraus zu entwerfen. Gerade im Besonderen, auch Extremen, Drastischen, scheinbar Randständigen thematisierte er das Allgemeine, und dies nicht nur in dessen Aktualität, sondern in seiner tiefen historischen und kulturellen Bedeutung, wie er sie überall literarisch zu erforschen suchte.

Bunin war 1916 in Russland ein berühmter Dichter und Autor, er war Akademie-Ehrenmitglied und zweifacher Träger des hoch renommierten Puschkin-Preises; noch 1915 war eine große Werkausgabe erschienen. Nun setzte bei ihm jedoch das Bewusstsein darüber ein, wie sehr die intellektuelle und literarische Stimme auch eines gefeierten Autors im Maßstab und Tempo der aktuellen Umwälzungen ihre Autorität verlieren konnte. Die Literatur selbst drohte ihren Echoraum, ihre Relevanz zu verlieren. Denn Dichtung im Sinne Bunins ist kein kurzfristiges Geschäft, kein Ort der politischen Stellungnahme, und sie bedarf der Leser, die sich die Zeit und Aufmerksamkeit nehmen, zuzuhören und sie in ihrer Vielschichtigkeit verstehen zu wollen.

Es sind schwierige Jahre für Bunin, die schwierigsten wohl seines Lebens. Kriegsbedingt bleibt er entgegen seinen früheren Gewohnheiten die ganze Zeit in Russland, dessen Entwicklung ihn in Bann schlägt. Über lange Phasen lebt er auf dem Land, im Dorf Glotowo (oder Wassiljewskoe), in der Umgebung, aus der er stammt und wo er bei seiner Cousine wohnen kann. Hier entstehen die meisten Werke dieser Jahre, wobei ihre Zahl mit der Zeit deutlich abnimmt. Im Sommer 1917, noch vor dem Ausbruch der bolschewistischen Revolution, die Bunin zum Emigranten machen wird, notiert der Sohn seiner Cousine Bunins Aussage: »Der Krieg hat alles verändert. Etwas in mir ist geborsten, zerbrochen, es kam, wie man sagt, zu einer Umwertung aller Werte. Und wenn du dabei denkst, dass das Leben vorbei sein könnte, noch einige Jahre, und du liegst irgendwo auf dem Wagankowo-Friedhof. [...] Und du kannst nichts tun. Schrecklich.«

Die ersten Monate des Jahres 1916 verbringt Bunin auf dem Land. Seine Stimmung ist getrübt, er schreibt an einen Freund, eine »verfluchte Zeit« sei angebrochen, er sei »höllisch düster« geworden und würde wenig schreiben, und wenn, dann nicht mit den früheren Gefühlen; in einem anderen Brief meint er, er könne sich nicht an ein »so schweres Jahr für meine Seele« erinnern. Im April 1916 ist Bunin dann in Petrograd, nach einem Abend zu seinen Ehren, an dem er selbst auch liest – etwa das »Lied vom Gotsen« –; dann fährt er nach Moskau, schließlich für fast einen Monat nach Odessa. Das sind die Stationen, die in den letzten Jahren in Russland Bunins Leben bestimmen. Noch im Mai ist er wieder in Glotowo, wo er bis Mitte Dezember bleibt – und trotz Klagen gar nicht wenig schreibt und redigiert, darunter »Aglaja«, »Changs Träume« sowie erstaunlich viele Gedichte. Auf dem Land fährt und spaziert man herum und macht Besuche, insbesondere bei Bauern, mit denen Bunin lange Gespräche führt; immer schon hat er sich für menschliche Schicksale interessiert, nun will er sich zudem ein Bild der Stimmung in der Landbevölkerung machen, die sich wenig um die Ereignisse in den Hauptstädten schert. Wie hatte er doch zu Anfang des Jahres in einem Interview gesagt: »Ein Künstler muss nicht von äußerlichen Fakten des Lebens ausgehen, sondern von der Tiefe, dem Grund des Lebens, und er muss nicht auf den Lärm parteilicher Positionen und Auseinandersetzungen hören, sondern auf die inneren Stimmen des lebendigen Lebens. [...] Muss man wirklich sagen, dass das intuitive künstlerische Verstehen teurer und wertvoller ist als die feierlichen Erklärungen, die von der Publizistik des einen oder anderen Lagers eingeflüstert wurden?«

Bunins Ablehnung der politischen Ereignisse steigert sich in der Februarrevolution 1917, die von vielen Intellektuellen euphorisch begrüßt wurde. Er war seit Mitte Dezember 1916 in Moskau und beteiligte sich nun an gewissen literarischen Aktivitäten. Im April besucht er Petrograd und trifft – wie sich erweisen wird, zum letzten Mal – Maxim Gorki, der seinem »geliebten Autor und Freund« Bunin ein Buch widmet. Die Oktoberrevolution wird die beiden nach vielen Jahren des engen Kontakts unwiderruflich trennen, da Bunin Gorki seine positive Haltung nie verzeiht. Schon im Mai 1917 fährt Bunin wieder aufs Dorf zurück. Erstaunlicherweise hinterlassen diese markanten, viele Geister aufwühlenden Ereignisse nur wenig Spuren in Bunins Briefen und Aufzeichnungen. Bunin wird auch später kaum zwischen den beiden so unterschiedlichen Revolutionen unterscheiden – der Gedanke der Revolution an sich ist bei ihm mit Zerstörung von Vergangenheit und mit Blutvergießen verbunden. Tatsächlich führte die Februarrevolution zur Provisorischen Regierung, die Bunins – in diesem Punkt realistischer – Ansicht nach keines der drängenden aktuellen Probleme zu lösen und insbesondere den Krieg nicht zu beenden vermochte.

Doch auch auf dem Land trifft Bunin zunehmend auf »Chaos« und »Anarchie«. Die Bauern, so meint er, seien wie Kinder und würden Losungen auf manchmal absurde Weise verstehen. So nahmen Brandstiftungen und Gewaltakte zu – so, wie er es, wie er nun feststellt, in seiner Erzählung »Das Dorf« (s. *Das Dorf. Suchodol*, 2011) vorhergesehen hatte. Bunin findet nun auch das Landleben, das früher seine Inspiration gewesen war, zunehmend »abstoßend« und sogar gefährlich. Er schreibt von sich, er verwende sein halbes Leben auf Zeitungen und komme nicht mehr zum Schreiben. Den Aufforderungen, neue Texte zu liefern, kommt er immer seltener nach. Noch bevor die Oktoberrevolution ausbricht, die bei ihm geradezu Hassempfindungen auslöst, packt ihn manchmal die »vollständige Hoffnungslosigkeit«. Ende Oktober ist er in Moskau, als die bolschewistische Revolution sich auch hier durchsetzt, doch im Mai 1918 reist er voll Abscheu über die Ereignisse mit seiner Frau über Minsk und Kiew nach Odessa.

Es ist die Zeit, mit der er später in Tagebuchform in seinen *Verfluchten Tagen* (2005 erstmals als Band dieser Ausgabe auf Deutsch erschienen) erbittert abrechnen wird; er lässt diese stilisierten Aufzeichnungen mit dem 1. Januar 1918 in Moskau beginnen und mit seiner Ausreise enden. Die Lebensverhältnisse in der Stadt Odessa waren teilweise sehr schwierig, öfter chaotisch. Odessa stand als wichtiger Hafen im Fokus vieler der am Bürgerkrieg beteiligten Gruppen und Staaten, die wechselnde Koalitionen eingingen. Es war seit 1917 immer wieder umkämpft und innerlich zerrissen. Nach der Oktoberrevolution war die Stadt erst ukrainisch-unabhängig, im Januar 1918 aber zur »Sowjetrepublik« geworden, worauf sie im März von den Österreichern besetzt wurde. Diese blieben bis zum November, als sie die Stadt den Entente-Truppen, die den Meereszugang beherrschten und einen Angriff der ukrainischen Nationalisten abwehrten, und damit der französischen Militärverwaltung überließen. Bunin schrieb schon im Herbst 1918 in einem Brief, er erkenne sich kaum wieder, den ganzen Sommer quäle ihn eine seelische Niedergeschlagenheit und körperliche Schwäche; im folgenden Winter scheint er länger krank gewesen zu sein.

Anfang April 1919 wurde Odessa wieder sowjetisch. Die Schriftsteller wurden auf Anweisung aus Moskau von besonderen Repressalien weitgehend verschont. Walentin Katajew, später ein erfolgreicher sowjetischer Autor, berichtet allerdings, dass der kompromisslose, völlig undiplomatische und in seinen Ansichten harsche Bunin sich angesichts der unkontrollierten Gewaltakte gegen vermeintliche Konterrevolutionäre tatsächlich in Gefahr befunden habe. Doch habe sein Freund, der Künstler Pjotr Nilus, mit dem die Bunins in einem Haus wohnten, aus Moskau einen Freibrief für Bunins Leben und Besitz erwirkt, den man an der Tür befestigt habe. Die Wohnung übrigens sei, so Katajew, eine Dachwohnung gewesen wie diejenige des Kapitäns in »Changs Träume«.

Bunins Stimmungen wechselten während der Zeit in Odessa zwischen Hoffnung und Verzweiflung – auch aufgrund permanenter Gerüchte, wie er das in den *Verfluchten Tagen* beschreibt. Was dort wenig zum Ausdruck kommt, ist das reiche intellektuelle und literarische Leben, das in Odessa herrschte. Bunin beteiligte sich daran durchaus, sogar an der redaktionellen Arbeit an Zeitungsfeuilletons. Literarisch allerdings schrieb er in dieser Zeit wenig. Bereits im März 1916 hatte er notiert, das Tagebuch sei eine der schönsten literarischen Formen und werde vielleicht die anderen gar verdrängen. Dies erfüllt sich nun auf nicht vorhersehbare Weise. Katajew berichtet, wie er Bunin auf dem Soldatenmarkt in Odessa beobachtet habe, der ungerührt von allem Wirrwarr stundenlang und mit großer Ruhe alle Eindrücke in einem Notizbuch festgehalten habe.

Ganz gegen seine Gewohnheiten wird Bunin einmal von einer politischen Euphorie erfasst, die er auch in der Zeitung kundtut – als im August die Weißen Truppen Anton Denikins die Stadt einnehmen. Bunin hält nun öffentliche Vorträge, die er teilweise publiziert, in denen er den epidemischen und blutigen Wahnsinn der sowjetischen Revolutionäre geißelt. Als die sowjetischen Truppen sich Ende Oktober der Stadt wieder nähern, plant er mit seiner Frau die Ausreise. Es gelingt dem Paar, Anfang Februar einen Platz auf einem Schiff zu erhalten, das nach drei Tagen im Hafen Russland in Richtung Konstantinopel verlassen kann. Am 9. Februar 1920 – zwei Tage, nachdem Odessa definitiv sowjetisch wurde – legt der kleine Dampfer ab, und Bunin verlässt Russland, das er nie wiedersehen wird.

Das Prosawerk Bunins zeigt in diesen wechselvollen Jahren vor allem anfangs eine erstaunliche Fülle. Im Jahr 1916 entstehen mit »Leichter Atem«, »Changs Träume« und anderen einige seiner berühmtesten Erzählungen. Obwohl Bunin immer wieder klagt, er sei von den Ereignissen derart in Anspruch genommen, dass er nur noch Zeitung lese, arbeitet er lange an neuen Erzählungen wie an der Herausgabe von älteren Texten und von Gedichten. Er selbst ahnt in dieser ganzen Zeit wohl noch nicht, dass er später – mit Ausnahme des Jahres 1922 – nur noch sehr wenige Gedichte schreiben wird.

Bunins Lektüren und persönliche Gespräche lassen ihn immer wieder zweifeln, ob die Stimmung und der explosive Fatalismus der einfachen Landbevölkerung, die keineswegs nur aus Bauern bestehe (vgl. auch »Der Streit«), eine Lösung der russischen Probleme überhaupt möglich erscheinen lasse; in die Intelligenz als Gruppe setzt er ebenso wenig Hoffnungen wie in die aktiven Politiker. Obwohl er einzelne Figuren, insbesondere Bauern, positiv hervorhebt, kämpft er in diesen Jahren zunehmend mit einer gewissen Misanthropie. Diese verschafft sich, literarisch raffiniert, in »Schlingenohren« in der Auseinandersetzung mit Degenerationstheorien der Zeit Ausdruck;

doch versetzt er seine Hauptfigur zugleich in ein Setting der modernen Industriestadt, und es stehen die unbegrenzten Möglichkeiten des Menschen zur Grausamkeit unter bestimmten Umständen im Fokus.

In seinen Erzählungen wird Bunins wachsender Pessimismus nur teilweise deutlich. Wiederholt kommt eine spazierende Alter-Ego-Figur vor, die mit Bauern vor allem über den Krieg diskutiert (»Der letzte Frühling«, »Der letzte Herbst«); dieser tritt so mit Verzögerung und scheinbar diskret als Thema in Erscheinung. Eine Kommunikation von Adligem und Bauer ist dabei aber nur bedingt möglich, und die Kriegsfrage überlagert sich mit der sozialen: Der Krieg ist ein Krieg der Herren, einen Sinn erkennt man nicht darin, aber die einfachen Leute sind es, die ihre Söhne an die Front schicken müssen. Nicht zu übersehen ist an verschiedenen Stellen auch das Thema von Russland und Europa und das Bestehen auf einer gänzlich unterschiedlichen Einstellung zu den Kolonien (»Der Landsmann«).

Auffallend ist die Vielfalt der Settings der Erzählungen. Neben den Figuren vom Land und ihren Schicksalen, ihren kleinen Ausbruchsversuchen (»Ein Wintertraum«) und ihrer stillen oder expliziten Tragik (»Kasimir Stanislawowitsch«) gibt es nun auch – in Fortsetzung des »Herrn aus San Francisco« – westeuropäische Figuren. Solche mischen sich in »Der Sohn« mit einer ›orientalischen‹, hier algerischen Umgebung, und in »Otto Stein« bricht ein Deutscher zu einer Studienreise auf, der sich seiner kulturellen Überlegenheit den Italienern und erst recht den ›Semiten‹ gegenüber völlig sicher ist. Auch die Themen, die auf den Reisen der Bunins und insbesondere derjenigen nach Ceylon beruhen (vgl. »Die Brüder« im Band *Ein Herr aus San Francisco* und die Reiseskizzen im Band *Der Sonnentempel*), setzen sich noch einmal fort, sei es in »Changs Träume« oder in »Der Landsmann«.

Daneben aber scheint sich Bunin, je weiter sein Pessimismus fortschreitet, desto mehr für die Fähigkeit des Erzählens zu interessieren, Ausdrucksformen für das Ideale oder zumindest für das, was die Aktualität überschreitet, zu finden. Bunin versteht es meisterhaft, auch stilistisch das Legendenhafte umzusetzen, sei es im moldawischen Stoff des Räubers (»Das Lied vom Gotsen«), in der Legende von Phokas von Sinope, dem Schutzpatron der Schiffer (»Der dritte Hahnenschrei«), oder derjenigen über die demütige »Gotami« aus dem Himalaya – Bunins letzte in Russland geschriebene Erzählung. »Aglaja« ist eine berührende Erzählung zwischen Realismus und Heiligenlegende über ein schlichtes, zutiefst russisches Mädchen, das zur Nonne wird – und damit im Gegensatz zur schönen Olga Meschtscherskaja in »Leichter Atem« steht, die mit ihrer reifenden Weiblichkeit die Katastrophe provoziert.

Eine der letzten in Russland entstandenen Erzählungen Bunins ist auch »Das Hinscheiden«, zuerst 1918 als »Das Ende« erschienen. Sie handelt von einem eben verstorbenen »Fürsten«, dessen Einsamkeit erst mit seinem Tod zutage tritt. Vergeblich war er bemüht, sich an seinen mageren Besitz zu klammern, in seiner Liebe lässt er nur Verletzungen zurück. Seine Leiche wird nun vom geschäftigen Gesinde höchst pragmatisch für das Begräbnis vorbereitet, seine Welt ohne Umstände aufgeräumt. Diese Erzählung kann als eine symbolische Bilanz der aussterbenden, früher tragenden sozialen Gruppe des Landadels verstanden werden, deren Verschwinden niemanden weiter zu bekümmern scheint. Politisch hat sich Bunin radikal und anders als früher entschieden. Literarisch liegen bei ihm auch in diesen Jahren der für ihn schrecklichen Umbrüche Schönheit, Lebensfreude und Tragik nah zusammen. Jede der Figuren Bunins hat ihre eigenen Wahrheiten, jede weist über sich hinaus auf tiefere Schichten des Menschseins. Später, 1931, vergleicht Bunin einmal seine pessimistische Erzählung »Das Dorf« mit »Aglaja«, und er meint zu letzterer: »Auch das bin doch ich! Auch das ist in mir! Ich bin doch selbst ein Russe, in mir ist das eine wie das andere!«

Thomas Grob

Anmerkungen der Übersetzerin

35, 3 *Klassendame:* eine Art Gouvernante in den Mädchen-Lehranstalten im vorrevolutionären Rußland, die auf Ordnung und Moral im Gymnasium und auf das Benehmen der jungen Mädchen achtete

44, 10 *Schlacht bei Mukden:* Die 1905 bei der mandschurischen Stadt Mukden geschlagene Schlacht war entscheidend im Russisch-Japanischen Krieg.

46, 4 *Reut:* Der Reut ist ein rechter Nebenfluß des Dnjestr.

46, 9 *Gospodaren:* auch: Hospodar (ukrainisch für *Herr* oder *Fürst*), Titel der moldauischen Fürsten von 1711 bis 1821, als das Osmanische Reich im Fürstentum Moldau und in der Walachei Istanbuler Griechen, sogenannte Phanarioten, als Herrscher einsetzte

46, 11 *Serdar:* ursprünglich persischer Titel für einen Führer oder (auch militärischen) Kommandanten

47, 15 *Pharaonen-Pferdedieben:* Wortspiel oder Verwechslung – gemeint sind hier vermutlich die Phanarioten, die Istanbuler Griechen, die damals im Fürstentum Moldau herrschten (s.o.)

51, 19 *Tschauschen:* in der ursprünglichen Bedeutung Hofbeamte des Sultans

51, 19 *Panduren:* im Osmanischen Reich eine Art Landwehr mit Wachaufgaben

51, 19 *Armaschen:* in den unter Osmanischer Oberhoheit ste-

	henden Donaufürstentümern mit gerichtlichen Funktionen betraute Beamte
52, 8	*Kodry:* Hügellandschaft im Zentrum Moldawiens
52, 17	*Jassy:* Iaşi, Stadt im Norden Rumäniens
61, 4	*Braga:* Wortspiel mit dem Namen bzw. der Geschichte des berühmten Moskauer Restaurants *Praga*. Das am Arbat-Platz gelegene, damals günstige Lokal wurde in der 2. Hälfte des 19. Jahrhunderts vor allem von Droschkenkutschern frequentiert und von diesen *Braga* (dt. soviel wie Dünnbier) genannt. 1896 wurde es nach einem Besitzerwechsel zu dem vornehmen Restaurant, als das es noch heute bekannt ist.
63, 21	*Narsan:* schwefelhaltiges Mineralwasser aus dem Nordkaukasus
66, 7	*Aufzeichnungen eines Wahnsinnigen:* Erzählung von Nikolai Gogol, in der der Titularrat Poprischtschin an der Wahnvorstellung leidet, er sei der König von Spanien. Hier eventuell eine Anspielung auf das bekannte Gemälde »Poprischtschin« von Ilja Repin, in dem der Titularrat mit einem Morgenrock dargestellt ist.
68, 6	*Moskowski Listok:* »Moskauer Blättchen«, eine 1881–1918 erscheinende Tageszeitung, eines der ersten Massenblätter in Rußland
69, 20	*Griwna:* Eine Griwna sind zehn Kopeken.
71, 4	*»Stehe auf, meine Freundin, meine Schöne«:* Hohelied 2,10
82, 17	*Guslis:* altes russisches Saiteninstrument, das gezupft wird und ähnlich wie eine Zither oder eine Harfe klingt
83, 3	*Smuta:* Die »Zeit der Wirren« (von russ. smutnoje wremja, unruhige Zeit) bezeichnet in der russischen

	Geschichte die Periode von 1598 bis 1613, zwischen dem Ende der Rurikiden-Herrschaft und dem Beginn der Romanow-Herrschaft.
91, 10	*Schima:* eine Art Überwurf, Teil des Gewands, das besonders asketische Mönche und Nonnen tragen
92, 9	*Kamilavkion:* in der orthodoxen Kirche eine zylinderförmige, mit Stoff bezogene und mit einem Schleier versehene Kopfbedeckung von Geistlichen, Mönchen oder Nonnen
98, 13	*Baijiu:* beliebter chinesischer Schnaps, ähnlich wie Wodka aus Wasser und Getreide hergestellt
99, 20	*Samoskworetschje:* alter Handwerker- und Kaufmannsbezirk im Moskauer Zentrum
101, 3	*Großen Fasten:* Die siebenwöchige Fastenzeit vor Ostern wird in der orthodoxen Kirche als »Große Fasten« bezeichnet.
101, 11	*»Dir, meine Seele …«:* aus einem Buß- und Fastengebet, das am Dienstag der Karwoche gebetet wird
105, 7	*Oh Herr …:* aus einem Buß- und Fastengebet an den Heiligen Ephrem von Syrien, das während der Gottesdienste in der Fastenzeit gesprochen wird
110, 5	*Nikolaj-Bahnhof:* Der heutige Moskauer Bahnhof in St. Petersburg, einer der wichtigsten Fernbahnhöfe der Stadt, hieß bis 1917 Nikolai-Bahnhof.
110, 6	*Newski-Prospekt:* Die 4.5 km lange Magistrale im historischen Zentrum St. Petersburgs verbindet die neben dem Winterpalast gelegene Admiralität und das Alexander-Newski-Kloster.
110, 7	*Ligowka:* Ligowski-Prospekt, eine der Hauptverkehrsstraßen St. Petersburgs, die am Moskauer Bahnhof den Newski-Prospekt kreuzt

112, 2 *Rasjesschaja-Straße:* Seitenstraße des Ligowski-Prospekts

118, 5 *Deibler:* Louis Antoine Stanislas Deibler (1823–1904) war 20 Jahre lang Scharfrichter von Frankreich.

121, 25 *Palkin:* elegantes Restaurant an der Ecke Wladimirski- und Newski-Prospekt

124, 14 *Dominique:* Das 1841 gegenüber der Kasaner Kathedrale am Newski-Prospekt 24 eröffnete Café Dominique war das erste Café in Rußland. Es wurde u.a. von Fjodor Dostojewski und Ilja Repin frequentiert.

126, 9 *Koroljok:* dt. Goldhähnchen (Vogel)

138, 9 *»Erinnere dich, Mensch ...«:* nach Prediger 12,1 (Denk an deinen Schöpfer in deiner Jugend, ehe die bösen Tage kommen und die Jahre nahen, da du wirst sagen: »Sie gefallen mir nicht«).

162, 1 *Ein goldener Ring ...:* nach Sprüche 11,22 (Ein schönes Weib ohne Zucht ist wie eine Sau mit einem goldenen Haarband.)

162, 25 *Ich habe mein Bett ...:* nach Sprüche 7,16-19 (Ich habe mein Bett schön geschmückt mit bunten Teppichen aus Ägypten. Ich habe mein Lager mit Myrrhe, Aloe und Zimt besprengt. Komm, laß uns buhlen bis an den Morgen und laß uns der Liebe pflegen. Denn der Mann ist nicht daheim; er ist einen fernen Weg gezogen.)

163, 3 *Denn ihr Haus ...:* Sprüche 2,18

164, 14 *»An jenem Tag ...«:* nach Prediger 12,3-6 (Zur Zeit, wenn die Hüter im Hause zittern, und sich krümmen die Starken, und müßig stehen die Müller, weil ihrer so wenig geworden sind, und finster werden, die durch die Fenster sehen, und die Türen an der Gasse geschlossen werden, daß die Stimme der Mühle leise wird, und man erwacht, wenn der Vogel singt, und gedämpft sind alle Töchter des Gesangs; wenn man auch vor Höhen sich fürchtet und sich scheut auf dem Wege; wenn der Mandelbaum blüht, und die Heuschrecke beladen wird, und alle Lust vergeht – denn der Mensch fährt hin, da er ewig bleibt, und die Klageleute gehen umher auf der Gasse –; ehe denn der silberne Strick wegkomme, und die goldene Schale zerbreche, und der Eimer zerfalle an der Quelle, und das Rad zerbrochen werde am Born.)

168, 2 *Brjansk:* Stadt in Zentralrußland, knapp 400 km südwestlich von Moskau

168, 4 *Iljinka-Straße:* Geschäfts- und Handelsstraße in dem im unmittelbaren Stadtzentrum gelegenen alten Moskauer Viertel Kitaj-Gorod

168, 7 *Alten Handelsreihen:* Die sogenannten Oberen und Unteren Handelsreihen säumten die Iljinka. Aus den Oberen Handelsreihen entstand später das berühmte Kaufhaus GUM.

171, 19 *Sandunow-Bädern:* Die berühmten, 1808 errichteten (und bis heute existierenden), prachtvoll ausgestatteten Sandunow-Bäder im Zentrum von Moskau sind das berühmteste Schwitzbad (»Banja«) der Stadt.

185, 11 *Haeckels:* Ernst Haeckel (1834–1919), deutscher Mediziner, Zoologe und Philosoph

208, 19 *Auferstehung: Auferstehung* (russ. Woskresenje), erschienen 1899, ist der letzte Roman von Lev Tolstoj.

213,18 *Desjatine:* alte russische Flächeneinheit; eine Desjatine entspricht 1,1 Hektar.

224, 13 *Suchomlin:* Der russische General Wladimir Suchomlinow wurde 1915 als Kriegsminister entlassen und 1916 vor ein Kriegsgericht gestellt, weil man ihm militärische Fehlplanungen vorwarf und die Schuld an den Verlusten während der Frühjahrsoffensive 1915 gab.

232, 15 *Wanka:* Der Name *Wanka* (von *Ivan*) steht hier als Synonym für die unterste soziale Schicht (besonders der städtischen Gesellschaft), und damit für die neue Macht im Land.

234, 13 *Schaleika:* russisches Holzblasinstrument

251, 9 *Papacha:* hohe Pelzmütze, traditionelle Kopfbedeckung der Kosaken, die auch im Kaukasus und in Mittelasien verbreitet ist

Editorische Notiz

Der vorliegende neunte Band der Werkausgabe Iwan Bunins im Dörlemann Verlag enthält alle 18 Erzählungen, die Iwan Bunin zwischen 1916 und 1919 bzw. seiner Emigration im Februar 1920 verfasste. Die Erzählungen »Das Lied vom Gotsen«, »Fastenzeit«, »Der dritte Hahnenschrei«, »Der Landsmann«, »Otto Stein«, »Der letzte Frühling«, »Der letzte Herbst« sowie »Der Streit« liegen unseres Wissens erstmals in deutscher Übersetzung vor.

Die Reihenfolge in diesem Band entspricht den Datierungen durch Bunin selbst. Diese bezeichnen jeweils den Abschluss der Arbeit an einem Text, wurde teilweise aber erst später hinzugefügt. Anders als in früheren Jahren gibt Bunin nicht mehr das genaue Datum, sondern nur das Jahr oder die Jahreszeit an. Bei Uneindeutigkeit gilt hier die Chronologie der Erstpublikation.

Das Prinzip dieser Ausgabe, Textfassungen zu verwenden, die möglichst nah an der Entstehungszeit liegen, aber aus von Bunin redigierten Buchausgaben stammen, stößt in dieser Phase auf gewisse Schwierigkeiten. Das Publizieren von Büchern mit den meist erstmals in Zeitungen oder Zeitschriften erschienenen Texten wird für Bunin in Zeiten den Krieges und der Revolutionswirren schwierig; von einer geplanten neuen Werkausgabe erschien 1918 nur ein Band. Die nächste große Werkausgabe nach derjenigen von 1915 wird in zehn Bänden zwischen 1933 und 1936 im Verlag Petropolis in Berlin erscheinen.

Für die vorliegende Ausgabe wurden soweit möglich Sammlungen gewählt, die der Erstfassung näher liegen. In erster Linie ist dies der Band *Gospodin is San Franzisko* (Ein Herr aus San Francisco), der als erster Sammelband Bunins in der Emigration 1920 in Paris erschien. Danach greifen wir auf den Band *Rosa Ijerichona* (Die Rose von Jericho, Berlin 1924) zurück. Aus dem 10. Band der Petropolis-Ausgabe (Berlin 1935) stammen drei erst später wieder publizierte Erzählungen; »Der letzte Herbst« erschien dort überhaupt zum ersten Mal. »Ein Wintertraum«, Bunins letzte vor der Emigration in Russland erschienene Erzählung, erschien nach der Zeitungspublikation von 1918 nur noch in einer Pariser Zeitung (1925). Wir entnehmen sie der Moskauer Werkausgabe von Alexander Baboreko (Bd. 5, 1966).

Die einzelnen Nachweise der Übersetzungsvorlagen sind auf der Rückseite des Titelblatts aufgeführt. Die Erzählungen sind wie folgt datiert bzw. erstmals gedruckt worden:

- *Der Sohn*, datiert mit 1916, erstmals erschienen in der Märznummer 1916 (Nr. 3) der Petrograder Zeitschrift *Sewernye sapiski*, dann wieder in Bunins Erzählband *Gospodin is San Franzisko* in Paris 1920.
- *Leichter Atem*, datiert mit 1916, im selben Jahr erschienen in der Zeitung *Russkoje slowo* (10. April).
- *Das Lied vom Gotsen*, datiert mit März 1916, kurz darauf erschienen in der Zeitung *Orlowski westnik* (10. April 1916) in Orjol, dann 1920 in Bunins Erzählband *Gospodin is San Franzisko* in Paris.
- *Kasimir Stanislawowitsch*, datiert mit 1916, im selben Jahr erschienen in der Mainummer (Nr. 5) von Maxim Gorkis Monatszeitschrift *Letopis* in Petrograd.

- *Aglaja*, datiert mit 1916, im selben Jahr erschienen in der Oktobernummer (Nr. 10) der Zeitschrift *Letopis*.
- *Die Alte / Fastenzeit / Der dritte Hahnenschrei*: Die drei Erzählungen, alle datiert mit 1916, erschienen zusammen als »Drei Erzählungen« in der Zeitung *Russkoje slowo* am 25. Dezember 1916.
- *Schlingenohren*, datiert mit 1916, erstmals erschienen 1917 im 7. Sammelband *Slowo* in Moskau. Bunin plante, daraus eine längere Erzählung zu machen, was aber nie über Entwürfe hinausging.
- *Changs Träume*, datiert mit Wassiljewskoje 1916, erschienen in den Almanachen *Twortschestwo* (Moskau-Petrograd 1918, Bd. 2 von insgesamt 2 Bänden) und *Objedinenie* (Odessa 1919).
- *Der Landsmann*, datiert mit 1916, erstmals 1919 erschienen im 8. Sammelband *Slowo* in Moskau.
- *Otto Stein*, datiert mit 1916, erschienen in der Zeitung *Juschnoje slowo* in Odessa am 1. Januar 1920 mit dem Untertitel »Aus einer neuen Erzählung von I.A. Bunin«, dann als »Das Portrait von Stein. Kapitel einer Erzählung« in der Pariser Emigrationszeitung *Obschtschee delo* am 27. Dezember 1920.
- *Der letzte Frühling*, datiert mit 1916, erschienen am 12.4.1931 in der Zeitung *Poslednije nowosti* in Paris.
- *Der letzte Herbst*, datiert mit 1916, erschienen 1935 im 10. Band der Berliner Petropolis-Ausgabe.
- *Der Streit*, datiert mit Sommer 1917, erstmals erschienen in der Pariser Zeitung *Russkaja gaseta* vom 24.8.1924.
- *Das Hinscheiden*, datiert mit 1918, erschienen zuerst als »Das Ende« (Konez) im Almanach *Skrischal* 1918, Nr. 1, in Petrograd, zudem in der Monatszeitschrift *Rodnaja semlja*

im Sept. 1918 in Kiew. Die leicht redigierte Fassung unter dem Titel *Das Hinscheiden* erschien in der Emigrationszeitschrift *Russkaja mysl* 1921, Nr. 1-2, in Sofia.
- *Ein Wintertraum*, wohl 1918 geschrieben bzw. abgeschlossen, erschienen als »Die Hütte auf dem Feld« (Isba w pole) in der Tageszeitung *Ranneje utro* (1918, Nr. 43 vom 21.3.1918); es ist die letzte vor Bunins Abreise in Moskau erschienene Erzählung. In etwas redigierter Fassung erschien sie dann in der Zeitung *Wosroschdenije* in Paris am 7.2.1925.
- *Gotami*, datiert mit Odessa 1919, erstmals erschienen in Odessa in der Zeitung *Juschnoje slowo* am 4. Januar 1920, dann in der Emigrationszeitschrift *Russki emigrant* (1920, Nr. 4) im November 1920 in Berlin.

Zum Buch

»Leichter Atem« ist eine der schönsten Erzählungen Bunins. In der Geschichte der aparten, mutwilligen Gymnasiastin Olja, die von einem Freund ihres Vaters verführt wird, stehen Beschwingtheit und Melancholie dicht nebeneinander. Von einer fatalen Affäre erzählt auch »Der Sohn«: Madame Mareau, die Ehefrau eines Kolonialbeamten in Algerien, gibt aus Ennui und Koketterie den Avancen eines jungen Verehrers nach.

Die achtzehn Erzählungen dieses Bandes, von denen acht erstmals auf Deutsch vorliegen, sind die letzten, die Iwan Bunin vor seiner Emigration 1920 schrieb. Sie entstanden in politisch bewegten Zeiten, und insbesondere der Erste Weltkrieg steht wie ein Schatten hinter den Geschehnissen.

Zum Autor, zu seiner Übersetzerin und zum Herausgeber

Iwan Bunin, geboren 1870 in Woronesch, emigrierte 1920 nach Paris. Am 10. Dezember 1933 erhielt er als erster russischer Schriftsteller den Nobelpreis für Literatur. Er starb am 8. November 1953 im französischen Exil.

In deutscher Übersetzung erschienen *Ein unbekannter Freund* (2003), sein Revolutionstagebuch *Verfluchte Tage* (2005) und seine literarischen Reisebilder in dem Band *Der Sonnentempel* (2008) sowie die frühen Erzählungen in *Am Ursprung der Tage* (2010), *Das Dorf. Suchodol* (2011), *Gespräch in der Nacht* (2013), *Vera* (2014), *Frühling* (2016) und *Ein Herr aus San Francisco* (2017).

Dorothea Trottenberg studierte Slavistik in Köln und Leningrad, arbeitet als Bibliothekarin und als freie Übersetzerin klassischer und zeitgenössischer russischer Literatur, u.a. von Michail Bulgakov, Nikolaj Gogol, Vladimir Sorokin, Boris Akunin, Elena Chizhova. Sie wurde für ihre Übersetzungen mit zahlreichen Preisen ausgezeichnet.

THOMAS GROB ist Professor für Slavistik und Allgemeine Literaturwissenschaft an der Universität Basel. Zudem ist er publizistisch tätig, u.a. als Herausgeber der Werke Iwan Bunins im Dörlemann Verlag.

IWAN BUNIN
im Dörlemann Verlag

Ein unbekannter Freund
Deutsch von Swetlana Geier

✧

Die folgenden Bände sind von Dorothea Trottenberg
ins Deutsche übersetzt und von Thomas Grob
herausgegeben worden:

✧

Verfluchte Tage. Ein Revolutionstagebuch

✧

Der Sonnentempel. Literarische Reisebilder 1897–1924

✧

Am Ursprung der Tage. Frühe Erzählungen 1890–1909

✧

Das Dorf / Suchodol

✧

Gespräch in der Nacht. Erzählungen 1911

✧

Vera. Erzählungen 1912

✧

Frühling. Erzählungen 1913

✧

Ein Herr aus San Francisco. Erzählungen 1914/1915